第1話 【画像】修学旅行と沖縄公演を振り返ってみた

長いようであっという間だった、沖縄での修学旅行。

昨日と今日はその代休なので——俺は家でひたすら、ごろごろしている。

ちなみに結花は「桃ちゃんと会ってくるねー」と言って、今朝早くから出掛けてった。

[illegible]あるよなぁ、結花。

[illegible]は、四泊五日の集団行動で疲労困憊。残りライフはゼロ。外に出る気力

[illegible]い。

……インストアライブにも出演してるんだぜ？

[illegible]は疲れてるはずだってのに。

[illegible]むといい——声優の人って、めちゃくちゃタフなのかもしれない。

[illegible]——綿苗結花には、色んな顔がある。

無邪気、元気いっぱいのかまってちゃんな『家の顔』。

[illegible]掛けて、地味で寡黙になった、お堅い『学校の顔』。

そして、みんなに笑顔と幸せを届けてくれる、いつも頑張り屋さんな『声優・和泉ゆうなの顔』。

ふっと、沖縄での結花を思い出す。

国際通り、神社、海、水族館……色んなところを巡った修学旅行でも。

紫ノ宮らんむとのユニット『ゆらゆら★革命』の一人として舞台に立った、インストアライブでも。

結花は本当に、全力で楽しんでたっけな。

中学校時代、クラスメートからの嫌がらせをきっかけに、一年近く引きこもっていた結花は——修学旅行に参加できなかった。

小学校のときも、体調不良で修学旅行に参加できてなかった結花。

だから今回の修学旅行は……結花にとって、最初で最後のものだったんだ。

そんな大切な行事と、インストアライブの日程が、まさかの丸かぶり。

あのときはマジで焦ったな。

これまで脚光を浴びることの少なかった和泉ゆうなにとって、ユニットデビューは間違いなく千載一遇のチャンス。

だけど、今回の修学旅行を逃したら……結花には一生、悔いが残る。

修学旅行か。それともインストアライブか。

そんな究極の二択で、結花は——両方という選択肢を選んだ。

修学旅行もインストアライブも、どっちも百パーセント楽しんでみせるって、固く決意して。

結果的に、驚くほどの過密スケジュールをこなして——両方を楽しみきった。

そんな結花の姿は、本当に眩しくて。

結花が演じる宇宙最強の二次元美少女こと、この世の美を具現化した存在——ゆうなちゃんにそっくりで。

見てるこっちまで、心が温かくなるような……そんな五日間だった。

「遊くーん！　ただいまー‼」

一人で物思いに耽っていると、リビングのドアがガチャッと開いて、満面の笑みを浮かべた結花が帰ってきた。

そして結花は、さらさらの黒髪を肩のあたりで揺らしながら。

ガラス細工みたいにキラキラした瞳で、じっとこちらを見つめながら。

俺に向かって——飛び込んできた。

比喩じゃなく。

ガチのフライングボディプレス。

「ぐぇ」

ソファに寝転がっていた俺の腹部に、強烈な圧力が掛かった。

それと同時に、むにゅっと柔らかい……魅惑の感触が。

「あ！　ご、ごめん、遊くん‼　遊くんが好きすぎて、つい……」

悶絶(もんぜつ)してる俺を見て、さすがにやりすぎたと思ったんだろう。あわあわしながら、結花は俺の顔色を窺(うかが)ってくる。

……めちゃくちゃ上目遣いで。

「って、あざといな⁉　そんな顔しても駄目だよ、死ぬかと思ったんだから！」

「ごめんなさい、しゅーん」

「しゅーんじゃないよ⁉　反省してないでしょ⁉」

「してるもん！　反省しすぎて、遊くんから離れられない……えへへっ、いい匂いー」

俺の服に顔を押し当てたまま、だらしない顔でうねうね身体(からだ)を揺らす結花。

絶対に反省してないでしょ。

あと、動くたびに結花の柔らかいところが、もにゅもにゅっと俺に当たってるから……

マジでやめてほしい。

「ていっ」

「あうっ⁉」

取りあえず軽めにチョップして結花を引き剝がすと、俺は上体を起こした。

それに対して結花は、「むー」っと頰を膨らませて。

おでこに手を当てたまま、こっちを睨(にら)むように見てくる。

「ひどいよ、遊くん……」

「え、力を入れたつもりなかったんだけど……そんなに痛かった？　やりすぎだったなら、ごめんね結(ゆう)――」

「おでこは痛くないよ！　むしろ遊くんに触られて、ちょっと嬉(うれ)しいくらいだもん‼　そうじゃなくって……もっと遊くんの匂いを堪能(たんのう)したかったって、言ってるんじゃんよ‼」

「なに言ってんの⁉　ちょっとは自重しなよ⁉」

うちの許嫁が日に日に、おばかさんになっていくのを感じる。

いや、それだけ家で素が出せてるのかもだけどさ……。

「まぁ、いいけどね……結花の過剰なスキンシップにも、もう慣れたし」

「ありがとう、遊くん！　大好きっ‼」

俺が許した途端、また満面の笑みに戻る結花。

本当に、万華鏡（まんげきょう）みたいにころころ表情が変わるから……見てて飽きないんだよな、うちの許嫁は。

「……あ。そうだ、遊くん！」

一周回って感心すらしていると、結花がふいに声を上げた。

そして、無邪気な子どもみたいに笑って。

「桃ちゃんからね、修学旅行で撮った写真をもらってきたから……一緒に見よ？」

◆

それから数分後。

ダイニングテーブルの上には、プリントアウトされた大量の写真が置かれていた。

「……これ全部、二原（にはら）さんが撮ったの？」

「そうだよー。桃ちゃんって写真撮るの、うまいよね！」

『桃ちゃん』っていうのは、同じクラスの二原桃乃。

見た目は『陽キャなギャル』だけど、実は『特撮ガチ勢』な彼女は、夏祭りの一件を経て結花の一番の友達になった。

今回の修学旅行も一緒の班だったし、インストアライブに結花が出演するときは、ナイスアシストをしてくれたっけ。

「それからね？　久留実さんからもらった、ライブの裏側の写真もあるんだー」

「ライブの裏側の写真⁉」

鉢川久留実さんは、声優事務所『60Ｐプロダクション』に勤める、声優・和泉ゆうなのマネージャーさん。

誰よりも和泉ゆうなのそばにいるわけだから、そりゃあ裏側も撮れるだろうけど——見て大丈夫なやつなの、それ？

普段は仕事のできる人ってイメージな鉢川さんだけど。

オフのときの鉢川さんは……言っちゃゃなんだけど、割と抜けてるからなぁ。

特にお酒が入るとどうしようもないっていうか、女子大生みたいにはっちゃけちゃうというか。

だから、際どい写真でも撮ってんじゃないかって、不安しかない……。

「えへへー……じゃーん！」

そんな心配をよそに、結花が嬉しそうに一枚の写真を見せてきた。

それは――和泉ゆうなと紫ノ宮らんむの、ツーショット。

鏡の前にメイク道具が並んだ、おそらく楽屋だと思われる場所で。

紫ノ宮らんむは座ったまま、ちらっと横目にカメラを見ていて。

和泉ゆうなは笑顔で立ち上がって、両手でピースしてる。

「いいでしょー、これ！　ライブが終わった後に撮ってもらったんだけどね……らんむ先輩、いつもより笑ってるんだよっ‼」

「……うん。なんとなく、分かる気がする」

俺は結花と違って、普段から紫ノ宮らんむを見てるわけじゃないけど。

なんだか、この写真では――穏やかに微笑(ほほえ)んでるように見える。

二人とも、満足いく形でライブを終えて、リラックスしてるんだろうなっていう……まさにベストショットと呼ぶにふさわしい写真だった。

「結花も、いい顔してるね」

「……ふへへー。いい顔って、可愛(かわい)いなーってこと？　嬉しいなぁ、遊くんに褒められちゃったー♪」

ちょっとした一言を聞いただけで、顔をとろけさせる結花。

……勘弁してよ、もぉ。

不意打ちでそんな顔されたら、ドキッとしちゃうでしょ。

「じゃ、じゃあ、二原さんが撮ってきた修学旅行の写真も見よっか……」

「うんっ！　あ、これ見て‼　国際通りでご飯食べてるときの写真だよ！　ラフテーおいしかったよねー」

「このときだよな、マサが明らかに生っぽいやつ食べたの」

マサこと倉井雅春は、『アリステ』を愛する俺の悪友。

俺・結花・二原さん・マサの四人で班行動した修学旅行だったんだけど……調子に乗ったマサは、一人で生っぽいものを食べて。

二日目は食あたりで、敢えなくダウン。一人で宿に残る羽目になってた。

「倉井くんは来れなかったけど、海に行ったのも楽しかったねー」

「――‼」

結花が嬉しそうに差し出してきた写真は――海での一枚だった。

ビキニ姿の結花が、前屈みになって水をすくい上げてて。

ちょっと緩んだ胸元は、逆光ではっきりとは見えないけど……明らかに隙だらけで。

なんだこれ。

こんな奇跡の一枚みたいな写真、どんな技術を使って撮ったんだよ、二原さんは。

「えいっ」

「うわっ⁉」

ビキニ姿の結花（写真）が急に近づいてきたもんだから、俺は思わずのけぞった。

我ながら、人間として当然の反応。

なのに、写真を突き出してきた当の本人は——不服そうに唇を尖（とが）らせる。

「なんで逃げるのー？　もっと見てよ、遊くんー」

「いやいや、おかしいな反応が⁉　自分の水着姿の写真でしょ、それ？　普通はこっちが見たがって、結花は恥ずかしがるもんじゃない⁉」

「だって、遊くんが見たがらないんだもん！」

「急にどアップになったから、びっくりしたんだよ‼」

「え？　じゃあ……本当は私のせ、せくしーな水着姿、もっと見たいってこと？」

なぜだか今度は、目をキラキラさせはじめた許嫁（いいなずけ）。

まったく、わけが分からないよ。

これ以上この話を続けてたら、おかしくなっちゃう……別な写真の話にしよう。

「あ、結花。これ水族館のときの写真だよ」

「もー、遊くんってば話そらして……わぁ‼　桃ちゃんってば、すっごく上手に撮ってくれてる！　ふへへっ、たくさんのお魚さんに囲まれて、遊くんとデートしてるー♪」

今度は水族館の想い出でふへふへしはじめた。

相変わらず単純だな、結花は。

――水族館で見つけた、ピンク色のイルカのスノードーム。

俺が結花にプレゼントした、そのイルカは……今ではリビングで、俺たちのことを見守ってくれてる。

「はぁ……修学旅行、楽しかったなぁ。遊くんや桃ちゃん、倉井くんのおかげで――最初で最後の修学旅行が、ほんっとうに最高の想い出になったよ。ありがとね、遊くん？」

「いや、俺たちのおかげじゃないって。結花が自分で、修学旅行もライブも諦めずに頑張ったからでしょ」

「楽しい想い出は、大好きな人たちが一緒にいないと、作れないもん」

そう言って、結花は目を細めて微笑んで。

「だから、ありがとうなんだよ。本当に……いつもありがとう、遊くん。大好き」

――そんなまっすぐな目で、見つめないでほしい。

結花の瞳が、澄み渡った青空みたいに綺麗で……直視できなくなるから。

というわけで、目を逸らしつつ。

俺はテーブルの上の写真を一枚、何も考えずに手に取った。

「じゃ、じゃあ次はこっちの写真！　これはいつの写真だろ――」

言い掛けたところで、俺は思わず言葉を呑み込んだ。

だってこれ……俺の知らない場面なんだもの。

女子部屋で、布団にくるまって眠っている、無防備な結花。

写真の端っこに、おそらく撮影者の二原さんのものと思われるピースサインが、ちらっと映り込んでる。

いや、「いえーい」じゃないから。

これ、紛うことなき隠し撮りだからね？

そして――その隠し撮りにおける、結花の格好は。

寝乱れて浴衣の帯が緩くなり、胸元が大きく開いたもので……。

「ぎゃああああああ！　桃ちゃんのばかあああああああ!!」

絶叫とともに俺から写真を奪い取ると、結花は服の裾をバッと持ち上げて、お腹のところに写真を隠した。

なんというスタイリッシュ写真隠し。

「水着姿はあんなに見せたがってたのに、その反応の違いはなんなの？」

「だ、だって！　……こんなに口をぽかんと開けて寝てるとこなんて、好きな人に見られたくないに決まってるじゃんよ！　遊くんの、ばーか!!」

なんか理不尽に怒られた。

肌色面積より、口の開きっぷりを気にするんだ……乙女心は複雑すぎる。

――――まぁ、何はともあれ。

学校のお堅い顔も。声優の一生懸命で明るい顔も。

そして、家での天然で無邪気な、いつもの顔も。

どんな綿苗結花も、なんだか見ているだけで元気を分けてもらえる気がするから。

俺、佐方遊一は――笑顔で毎日を、過ごせてるんだ。

第2話　【応援】学校の地味な結花が、友達を作るって張りきった結果……

修学旅行の代休が明けて、今日からまた普通の学校生活がはじまる。

……と思うと、ついため息が漏れてしまう。

休み明けの学校って、なんか気が重いんだよなぁ。

できることなら、『アリステ』をやったりアニメを観たりしながら、家の中で一生を過ごしたい。

「遊くーん、お待たせー」

なんて、玄関先で駄目人間まっしぐらなことを考えていたら——登校準備を終えた結花が、早足でこちらにやってきた。

眼鏡を掛けてるから、つり目っぽく見える目元。

ポニーテールに結った黒髪。

そんな学校モードな格好の結花は、制服のスカートを翻し、朗らかに笑った。

「えへへ……遊くんと登校ー♪　普通に登校するの、久しぶりだから……なんだかドキドキするね？」

「分かる分かる。学校が面倒すぎて、動悸がするよね」

「違うよ⁉　遊くんと一緒に登校するから、嬉しくてドキドキするって言ってんの！」

結花は強く主張すると、わざとらしく唇を尖らせた。

「もー。分かってないなぁ、遊くんは。家でまったり過ごしてる遊くんと、制服をビシッと着た遊くんだと、違う良さがあるでしょ？　しかも、そんな遊くんのギャップを知ってる背徳感もあるから……えへへっ、ドキドキの二乗だー♪」

いや、ギャップて。

俺のそんな些細な違いをギャップって呼ぶなら、結花の変化はもはや別次元の人になるでしょ。マルチバース結花。

学校ではあまり目立たない、地味でお堅い綿苗結花。

だけど家では、天然&無邪気で、甘えるのが大好きな結花。

……うん。背徳感もやっぱり、圧倒的に俺の方が凄いと思う。

「よーし、それじゃあ久々の学校に……しゅっぱーつ！」

そして結花に手を引かれるまま、家を出たわけだけど。

やっぱり休み明けの登校は、気乗りしないんだよなぁ。

沖縄が暖かかった分、冬の寒さが刺すように痛いし。

「ねぇ、遊くん。私ね、今日から……頑張ってみようって、思うんだ」

ネガティブなことばっかり考えてる俺に向かって。

結花がふっと、独り言ちるように言った。

「私ってコミュニケーション下手だから……失敗しないようにって、学校であんまり話さないようにしてたでしょ？　だけどね——変わりたいなって、そう思ったんだ。もっとクラスの人とお話しして、仲良くなりたいなって」

「……どうして？」

確かに結花は、コミュニケーションが苦手だから、あまり喋らずに学校生活を過ごしてるのは知ってるけども。

結花には中学校時代に——友達関係で負った、トラウマだってあるから。

だから……結花が変わりたいって思う気持ちは分かったけど。

みんなと仲良くなるために頑張りたい気持ちは、理解できたけど。

……もしもまた、結花が傷つくことになったら……なんて考えると。

俺は素直に、「分かった」とは言えなかった。

だけど結花は、そんな俺を見て——穏やかに微笑んだ。

「――修学旅行でね。ちょっとだけど、同じ部屋の子とお話ししたんだ。あとは、ご飯のときに近くの女子とも、ちょびっとお喋りしたし」

呟(つぶや)くように、歌うように、結花は続ける。

「最後なのは、修学旅行だけじゃないじゃん？　制服を着て、毎日同じメンバーで教室に集まって、一緒に授業を受ける――そういうのって、高校生が最後でしょ？」

「まぁ確かに大学とかは、違うイメージだけど……」

「そんな高校生活も、あと一年とちょっと。そう思ったらね……修学旅行でお喋りしたときみたいに、遊くんや桃(もも)ちゃん以外の人とも、もっと仲良くなりたくなったんだー。それで最後はね……笑顔で、卒業式を迎えられたらいいなって」

眉尻を下げて、ちょっと恥ずかしそうに笑いながら。

こちらを見つめたまま……結花は小さく舌を出した。

「――なーんてね？　偉そうに言っても、コミュニケーションがへたっぴな自覚はあるから……うまくできるか、分かんないけどね」

「……できるよ」

「ふぇ？」

考えるよりも先に、俺は反射的に答えていた。

そして、きょとんとしてる結花に向かって、思ったままの気持ちを伝える。

「結花ならできるよ。修学旅行とインストアライブ、両方を全力でやりきったときみたいに。ちょっと無茶な願いだって、結花ならきっと――叶えられるって。俺は信じてるし、いつだって……応援してるから」

「遊くん……」

小声で「ありがとう」と呟くと。

結花はギュッと、俺の手を強く握ってきた。

大通りに出るまで、もう僅かな時間しかないけど。

俺もそんな結花の手を――ギュッと、強く握り返したんだ。

◆

「え……結ちゃん、めっちゃ健気じゃね？　やば、そんなん聞いたら……感動で泣いちゃうっしょ……」

二時間目の後の休憩時間。

結花が語った内容を二原さんに教えたところ……なんだか特撮系ギャルの、琴線に触れたらしい。

茶色いロングヘアを揺らしながら、大きすぎる胸の前で手を合わせて、二原さんは涙ぐんでる。

「過去を乗り越えて、勇気を手に入れた結ちゃんは、新たなフォームへとチェンジ！　……え、これ中間フォームっしょ？　まだ最終フォームの盛り上がり残してるとか、胸熱すぎじゃね？」

「ごめん、ちょっとなに言ってるか分かんない」

きっと特撮たとえ話なんだろうけど、マジで日本語として認識できなかった。

どんなテンションで話してんだ、この特撮ガチ勢は。

すると二原さんはアゴに手を当てて、真面目に解説をはじめる。

「んーと、つまりさ。学校の結ちゃんを、『ツンツンフォーム』とするっしょ？　んで、家の結ちゃんは『甘々フォーム』、声優の結ちゃんは『わいわいフォーム』……初期フォームが三つあるわけね？」

「大前提から、もう意味が分かんないんだけど？」

「そこに、新たな力を手に入れて――結ちゃんは三つの上位互換に当たる、中間フォームにパワーアップ！　学校でツンツンしてない、新しい結ちゃんの誕生だよ！　ハッピーバースデー‼」

「……なぁ遊一（ゆういち）。二原の奴（やつ）、何をそんなに騒いでんだ？」

トイレから帰ってきたマサが、二原さんのことを怪訝（けげん）な顔で見ながら、俺に話し掛けてくる。

まぁ、そうも言いたくなるよな。

残念ながら、俺にもよく分かんないよ。

「ってか、遊一。今日の綿苗さん――なんかいつもと違わねーか？」

「え？」

「お⁉」

マサの何気ないその一言に、俺と二原さんが同時に反応した。

想定以上の食いつきだったのか、マサが戸惑いがちに続ける。

「いや……廊下で女子グループが盛り上がってたらさ。いきなり綿苗さんが、そこに突っ込んでいったんだよ……普段の綿苗さんなら、あんまそういうことしねぇだろ？」

「おっしゃ、佐方（さかた）！　行くよ‼」

「え？　ちょっ、ちょっと待って二原さ――」

そんな俺の言葉は、完全スルーして。

二原さんは俺の首根っこを摑むと……そのまま俺を引き連れて、廊下に飛び出した。

するとそこには、確かにマサの言ったとおり――女子グループの輪の中に入っている、結花の姿が。

「あ。えっと、綿苗さん……どうかした？」

「何か私たち、気を悪くさせたかな？」

女子三人はおそるおそるといった感じで、結花に話し掛けてる。

そんな三人に対して、いつもどおりの無表情を向けたまま。

結花はくいっと眼鏡を整え――淡々と告げた。

「私は、綿苗結花。眼鏡です」

「…………はい？」

女子三人が、変な声をハモらせた。

うん。まぁ、そうなるよね。

俺も心の中で、おんなじ声を出してた。

「え、えーっと……綿苗結花さんなのは知ってるよ？　同じクラスだし」

「あ……ご、ご存じくださり、恐悦至極。誠に僥倖（ぎょうこう）」

「突然の武士⁉」

「え⁉　ぶ、武士じゃないです……私は綿苗結花、女子高生。どこにでもいる、普通の女の子」

「今度は少女マンガ⁉　綿苗さん、どうしちゃったの⁉」

女子グループは、完全に混乱の極み。

結花が大暴走してるから、無理もない反応だとは思うけど。

——遊くんや桃ちゃん以外の人とも、もっと仲良くなりたくなったんだー。

——それで最後はね……笑顔で、卒業式を迎えられたらいいなって。

今朝の言葉どおり——結花は今、フルスロットルで頑張ってるんだと思う。

びっくりするほど、空回ってはいるけども。

結花なりに変わろうって……一生懸命なんだろうな。

「ちょいちょい、佐方。ボーッとしてないで、一緒に結ちゃんをアシストしに行こ？」

「いや……二原さん、もうしばらく、結花を見守ってあげてくれないかな」

——なんでも手を貸すだけが、『夫婦』じゃないだろ？

文化祭で結花がピンチになったとき、慌てて助けに入ろうとした勇海(いさみ)に向かって、そんなことを言ったっけな。

今もまさに……そのときと同じような気持ちだ。

文化祭も、修学旅行も、インストアライブも。

結花はいつだって、全力で頑張ってきた。

だから俺は、そんな結花を全力で支える。

代わりになるんじゃなくって、最後まで隣で一緒に走る。

そういうのが『夫婦』なんじゃないかって——最近はそんな風に思うから。

「……なんか佐方、いい顔になってきたよねぇ」

二原さんはからかうように笑いながら、軽く肩をぶつけてきた。

「うちはさ。中学の頃の佐方を知ってっから……昔みたく笑えばいいのにーって、ずっと思ってたわけよ。来夢(らいむ)のことを引きずって、毎日つまんなそうにしてんのを見るのは、なんか嫌だった。お節介なお姉さんだかんね、うちは」

「だから同い年でしょ……それじゃあ今の俺は、昔みたいに笑えてるってこと？　二原さん的には」

「んーや。昔とはぜーんぜん違う。けど……今の方が、いい顔なんじゃん？」

おどけたように、パチッとウインクをすると。

二原さんは目を細めて、ニッと笑ってくれた。

「そっか……ありがとう、二原さん」

野々花来夢にフラれて、クラス中の噂になって、散々からかわれた黒歴史。

あれ以来、もう三次元とは深く関わらないって誓ってた俺だけど……。

結花とひとつ屋根の下で暮らすようになって。

ドタバタで退屈しない毎日を、過ごすようになって。

結花だけじゃなくって、俺の方も――少しは変われたのかもしれない。

「え、えっと！　ごめんなさい……急に、変な絡みをして。ただ、なんだか楽しそうに話していたから……どんな話題なのかな、と気になって」

さっきまでより、少しだけ大きな声で――結花が言った。

うん。最後はちょっと、尻つぼみになっちゃったけど。

頑張ったね、結花。

「……ぷっ！　あははははっ‼　かしこまって、何かと思ったよー」

緊迫感すら覚える結花のことを見ながら……一人の女子が噴き出した。

それにつられるように、他の二人も笑顔になる。

「ってか、修学旅行のときも思ったんだけど……綿苗さんって結構、面白い人だよね？」

「え⁉　いいえ、私は、面白くありません」

「いやいや、何そのロボットみたいな反応？　あたし、それツボだわー」

「ちなみにさ、綿苗さん！　この子ね、修学旅行で彼氏にもらったプレゼントが、ゴーヤーだったんだよ？　どう思う？　ゴーヤーだよ⁉」

「もー、話を蒸し返さないでよ！　いいじゃん、好きな人にもらったら、ゴーヤーだって嬉しいでしょーが‼」

正直、相当ぎこちない笑顔になってるけど。

結花なりにクラスの女子の輪に入って、一緒に話をしている。

「ほら、遊一、二原！　な？　綿苗さん、なんか珍しい感じだろ⁉」

「倉井、うっさい。気が散る」

「は、なんだよそれ⁉　気が散るって、どういう……」

言い掛けたところで、二原さんがかつてないほどの「黙れ」オーラを放っていると気付いたらしく、マサは俺の後ろに隠れた。

「……遊一。なんで二原、あんな怒ってんの？　俺、そんな変なこと言ったか？」

「いや、単純に間が悪いから。お前だって、らんむちゃんのライブ映像を観てるときに親が話し掛けてきたら、イラッとするだろ？」

「そりゃそうだけど……なんのたとえだよ、それ？」

全然ピンときていないマサは、首をかしげる。

それからマサは――しみじみとした感じで、呟いた。

「にしてもよ。なんか綿苗さん、前より……柔らかい感じになった気がすんなぁ」

結花が望む高校生活までの道のりは、まだまだ長いだろうけど。

少しずつでも、結花の日常が楽しくなってるんなら……嬉しいなって、思ったんだ。

第3話　いつも生意気な妹が、なぜかしおらしくて怖いんだけど

「遊くん！　ついにあと、一か月を切りました‼」

じゃーん、という効果音でも聞こえてきそうな勢いで近づいてくると。

リビングのソファでマンガを読んでた俺に向かって、結花は腕組みしながら「えっへん」と言った。

いや、「えっへん」って声に出されても。

「あと一か月……そうだね。それくらいで、冬休みか」

「ぶぶー！　違いますー。確かに冬休みになるけど、冬休みじゃありませんー」

禅問答かな？

ちなみに結花は、両腕で作ったバッテンを俺の方に突き出したまま、次の答えを欲しそうにこちらを見ている。

ああ……答えるまで帰れません的なクイズか、これ。

「お正月」

「ぶぶー！　お正月の前に、もうひとつイベントが‼」

「大晦日（おおみそか）」

「……分かってて間違えてるよね⁉　遊くんのばーか！」

バレたか。

だって、そんな正解待ちの顔されたら、からかいたくもなるでしょ。

「……はい、僕は遊くん！　クリスマスだと思います‼　……はい、私は結花です！　ぴんぽーん、遊くん大正解ー‼」

痺（しび）れを切らしたらしい結花が、一人二役でクイズを終わらせた。

なんという茶番。

そして結花は再び「えっへん」って声に出すと、ほっぺたが落ちそうなくらい、にへーっと笑った。

「というわけで、もうすぐクリスマス！　楽しみだねっ！　楽しみでしょ？　楽しいしかないはず‼」

「何その、楽しいの三段活用？　問い掛ける風に言ってるけど、自分が楽しみなだけだよね絶対」

「当たり前じゃんよ！　慌てんぼうのサンタクロースくらい、私はクリスマスがウルトラ楽しみだもん‼」

慌てんぼうのサンタクロースは、別にクリスマスが楽しみすぎて早く来たわけじゃなくない？

なんて思ったけど……結花があまりにも瞳をキラキラさせてるから、野暮なツッコミはやめにした。

「ふへ……大好きな人と過ごす、メリーメリークリスマス……そんなの、とろけちゃうじゃんよ……」

「結花、溶けてる。クリスマス前に、もう顔がとろけちゃってるから」

「はぁ……お天気キャスターさん、クリスマスの日に雪を降らせてくれないかな？　大好きな遊くんと過ごす初めてのクリスマスが、ホワイトクリスマスだったら最高なんだけどなぁ」

「お天気キャスターは、魔法使いじゃないからね？」

クリスマスが楽しみすぎて、結花のＩＱがいつもより格段に低下してる。

そんな俺の心配もよそに、結花は両手を組んでお祈りみたいな格好をしながら、独り言のように続ける。

「デートは遊園地がいいなー。クリスマスに、二人っきりのラブラブ遊園地！　イルミネーションも見れたら、もっと最高だよねー……」

「えっと……一か月後の話だよね？」

「もちろん！　だってまだ、クリスマスじゃないもん‼」

いまいち話が噛み合ってない。

駄目だこの子……既にクリスマスに、脳が侵食されてる。

「あ、そーだ。遊くん、プレゼント交換をー……したいんですけどー？」

「結花、最近そうやって上目遣いでおねだりすること、増えたよね？　そうやったら、俺が駄目って言えないと思ってるでしょ？」

「したいんですけどー？　駄目なんですかー？　泣いちゃうぞー？　いいのかなー、泣いちゃいますよー？　うえー」

「うえー、じゃないよ！　もぉ……分かったよ、プレゼント交換しようね」

「……えへへっ。わーい！」

「まったく、どんどん小悪魔化していくんだから、結花は」

「ごめんなさーい。でも、ゆうなもこういう甘え方、するときあるでしょ？　だから、遊くん好みかなーって！」

ぐぬぬ……よく分かっていらっしゃる。

さすが、もう半年以上も同棲してる許嫁だ。

そんな俺の顔を見て、結花はいたずらっぽく笑う。

「デートも楽しみだし、雪が降ったらロマンチックで最高なんだけどね？　今年のクリスマスの目玉は──プレゼント交換だよっ！　最高のタイミングで、最高のプレゼント渡しちゃうから……覚悟しててねっ‼」

「凄まじいハードルの上げっぷりだな……分かった、楽しみにしてるね。俺も、結花に喜んでもらえるものを考えとくよ」

「遊くんからのプレゼントなら、どんなものでも世界一嬉しいけどねっ！」

……無邪気にそういうキラーフレーズを放ってくるの、本当にやめてほしい。

反応に困るし、気恥ずかしくなっちゃうから。

しかし──クリスマス、か。

もう、そんな季節になるんだな……。

「あれ？　遊くん、どうかしたの？　ボーッとしちゃって」

「ん？　ああ、なんでもないよ……あれ？　そういえばクリスマスの日って、インストアライブの最終日じゃなかったっけ？」

大手企業が手掛けるソーシャルゲーム『ラブアイドルドリーム！　アリスステージ☆』

――通称『アリステ』。

百人近くのアリスアイドルが登場するこのゲームに、燦然と輝くひとつの星がある。

それこそが、俺の心を照らし続ける愛の星――ゆうなちゃん、君なんだよ？

そんな彼女の声を演じてるのが、綿苗結花こと和泉ゆうなで。

人気投票六位の『六番目のアリス』らんむちゃんを演じている、先輩声優・紫ノ宮らんむと、和泉ゆうなが結成したユニットが。

そう――『ゆらゆら★革命』だ。

「そうだよー。大阪と沖縄に続いて、名古屋と北海道公演があって……ラストはクリスマスのお昼に、東京公演！」

「だよね？　だったらクリスマスにデートはできないんじゃ――」

「お昼！　お昼の公演だよっ⁉　夜じゃないよ、夜があるよ‼　夜にデートだよ！」

食い気味に、すっごい捲し立てられた。

なんかちょっと睨んでるし。落ち着きなよ、もう。

「いや、デートをキャンセルしたいとかじゃなくってね？　ただ、体調とかスケジュール的に、大変じゃな――」

「大変じゃないです、デートをしたら元気が出ます、むしろデートできないと体調を崩して死んでしまいます‼」

マシンガンのごとく、俺のセリフにかぶせて喋りまくる結花。

絶対にクリスマスデートを死守しようという、凄まじい気迫を感じる……。

「……大阪公演のとき、かなり疲れてたでしょ？　そうならないように、体調を第一に考えること。結花、約束できる？」

「はい！　私、結花はいっぱい寝て、ちゃんとご飯も食べて、万全の体調で昼公演を頑張ってからデートに行くと、誓いますっ‼」

体育祭の宣誓みたいなテンションで、結花は右手を挙げて高らかに言った。

そんな相変わらずな結花を見てたら、なんだか自然と笑ってしまう。

――――ブルブルッ♪

そんな感じで、クリスマスの流れがなんとなくまとまったタイミングで。

マナーモードのままテーブルに置いてた俺のスマホが、振動しはじめた。

誰からだろう、と思いつつスマホを手に取ると。

ディスプレイには……我が愚妹のＲＩＮＥ電話を知らせる画面が、表示されていた。

◆

ＲＩＮＥをビデオ＆スピーカー設定に変更すると、目つきの悪い一人の少女が映し出された。

佐方那由（さかたなゆ）。中学二年生。

Ｔシャツ＆ジージャンに、ショートパンツ。髪の毛が短いもんだから、相変わらずボーイッシュな雰囲気してるなって思う。

ああ、そういえば……親父（おやじ）の仕事の都合で、那由たちが海外で暮らすようになってから、もう一年半以上経（た）つのか。早いもんだな。

そんなことを考えてると、那由はけだるげな声色で言った。

『兄さん。今年のクリスマスプレゼントは、土地ね。最低、一万五千坪から』

「……あん？」

開口一番から妄言をのたまい出した愚妹に、めまいを覚える。

「一万五千坪って、東京ドームくらいあるよな？」

『ご名答。東京ドームくらいの土地が欲しいわけ。やっぱ妹へのクリスマスプレゼントといえば、土地っしょ』

「どこの世界線に生きてんだよ……ドリームお兄ちゃんじゃないんだぞ、俺は」

『え……買わない気？　マジで言ってる？　やば、うちの兄さん……ケチすぎ？』

「俺が煽られる意味が分からん」

どこの世界に、中学生の妹に土地を買う兄がいるんだよ。

石油王の兄妹じゃないんだから、ったく。

『はぁ……ま、百歩譲って、誕生日とセットでも許すけど？　誕生日＋クリスマス＝土地、的な。あたしの誕生日、もうすぐだし』

「何その、意味不明な等式……数学者が助走つけて殴るレベルだな」

『ああ言えば、こう言う。言い訳もここまでくると、法に触れてね？』

ありえない暴論を吐かれた。

もう電話切ってやろうかな、こいつ……。

「那由ちゃん、誕生日近いの？」

うんざりしてる俺の隣で、結花がキラキラ瞳を輝かせながら、那由に話し掛けた。

すると……那由はちょっとだけ、トーンを落として答える。

『……十二月七日生まれ、だけど』

「え、もうすぐじゃん！　わぁ、クリスマスだけじゃなくって、那由ちゃんの誕生日もあるなんて……十二月は楽しいことがいっぱいだねっ‼」

『……別に、そんなたいしたもんじゃないし』

結花のテンションと反比例するように、なぜか那由の声が小さくなっていく。

さっきまで土地よこせとか言ってたくせに。

なんでテンション下がってんだか、意味が分からない。

「じゃあ遊くん、那由ちゃんのお誕生日パーティーしようよ！　私、那由ちゃんの好きな料理、頑張って作るから」

『いいよ、結花ちゃん……あたしも学校あるから、帰れないし』

「何その殊勝な態度⁉　お前、悪い病気にでもかかってんの⁉」

『兄さん、うっさいんだけど。なんなの、カナブンなの？』

「そっかぁ。確かに、何回も日本に帰ってくるのは難しいよね……あ！　じゃあ――クリスマスのとき、誕生日の分まで盛大にお祝いするってのはどう？」

スマホの画面越しに、那由の肩がピクッと揺れるのが見えた。

そして、頭頂部が見えるほど俯いて――黙り込む那由。

「……あれ？　ごめん、那由ちゃん。私、なんか変なこと言っちゃった？」

いつもと違いすぎる那由の様子に、結花はおたおたしはじめる。

だけど……那由は黙ったまま。

「さっきからどうしたんだよ、那由？　お前、そんなキャラじゃないだろ」

『……うっさいって、兄さん。なんなの、モスキート音なの？』

「いちいち人を虫で表現すんの、やめてくれない？」

『とにかく、今年はいいよ。誕生日も……クリスマスもさ』

――クリスマスも？

その言葉には、さすがの俺も驚きを隠せなかった。

だってクリスマスは、これまで――大切な『家族の行事』だったから。

俺と那由が、一緒に日本で暮らしてた頃――我が家では毎年、那由の誕生日パーティーとクリスマスパーティーを開いていた。

ここ一、二年は、親父の仕事が激務になりすぎて、俺と那由だけでパーティーをすることもあったけど。

去年はさすがに何度も帰国できないからって、クリスマスしか祝えなかったけど。

それでも俺と那由は、いつだって――家族でクリスマスを過ごしてきたんだ。

だから、そのクリスマスを渋るってことは――。

「分かったぞ、那由……大掛かりな嫌がらせを仕掛けようって、そういう魂胆だな？」

『……は？　真面目に話してんだけど？　なんなの？』

真面目にキレられた。

あれ？　ってことは、本気で帰ってこないつもりなの？　なんで？

『……だって今年は、さすがにないでしょ』

思考が追いつかない俺に向かって、那由は今にも消え入りそうな声で呟く。

『クリスマスは……夫婦の大切な、イベントだし。結花ちゃんと過ごしなって。あたしがそこに交ざるとか……邪魔すぎだって、マジで』

「もぉ――怒るよ、那由ちゃん？」

そんな那由に向かって。

結花が「めっ」と、たしなめるように言った。

「那由ちゃん。確かに私は、すーっごく、クリスマスを楽しみにしてます！　遊くんと初めてのクリスマスデート……ふへへっ、そんなの最高じゃんよぉ……って‼」

『じゃあ、やっぱお邪魔虫じゃ――』

「でも！　那由ちゃんと一緒にクリスマスパーティーするのだって、絶対に楽しいから。だから私は……遊くんとのデートも、那由ちゃんとのパーティーも、両方やりたいの」

『……は？』

結花の発言が思いも寄らなかったんだろう、那由が間の抜けた声を出した。

インストアライブの最終公演をやって？　俺とのクリスマスデートも満喫して？　その上、那由も呼んでクリスマスパーティー？

相変わらずめちゃくちゃなことを言うな、結花は。

だけど同時に……結花らしいなって思う。

めちゃくちゃだけど、本人は至って真面目で。

しかもそんな無茶を、沖縄のときみたいに――きっと全力で貫き通しちゃうんだろうな。

結花って子は。

「諦めろ、那由。何を企んでんだか知らんけど、結花がこうやって言い出したら、絶対に折れないから。普通に帰ってこいって、本当に」

「……ちょっとぉ。その言い方だとなんか、私がわがままな子みたいじゃんよぉ」

隣で不服そうに唇を尖らせてるけど、そんなに間違ってないでしょ。

「……まぁ、二割くらいは、遊くんの言うとおりかもだけど。私って結構、欲張りさんだから……インストアライブも頑張りたいし、遊くんとデートもしたいし、那由ちゃんとのパーティーもしたいんだ。だって、楽しいことは全部やった方が、もーっと楽しいはずだもん！　だからね――那由ちゃん、一緒に笑ってクリスマスを過ごそ？」

何も飾らない結花の一言。

そんなまっすぐな義理の姉の言葉に――那由は弱いから。

『……ありがと、お義姉ちゃん……考えとく』

さっき以上に、消え入りそうな声で答えた那由だけど。

前髪の隙間から、ちらっと覗いたその表情は。

――はにかみがちに笑ってるように、見えたんだ。

第4話　我が家のクリスマスについて語らせてくれ

「なんか今日の那由ちゃん、いつもと違う感じがしたなぁ」

隣に敷いてある布団に潜り込んで、結花がぽつりと呟いた。

「いつもだったら、いたずら仕掛けてくるのに。今日の那由ちゃんってば、ずっと遠慮してるんだもん。びっくりしちゃったよ」

「だよなぁ。前科が無期懲役レベルの奴だし。遠慮するふりをしてまで仕掛けるってことは、もはや犯罪でも企ててるんじゃない？　……って、疑いたくなるよな」

「そんなこと言ってないよ⁉　遊くんは那由ちゃんのことをなんだと思ってんの⁉」

いやいや、俺の認識で間違ってないと思うよ？

子作りしろとか言いながら、変なシチュエーションに持ち込もうとしたりとか。

結花に妙なことを吹き込んで、俺の脳を壊そうとしてきたりとか。

……思い返すと、マジでろくでもないことしかしてないな。あいつ。

親の顔が見てみたい。絶対その親、出世のためにお得意さんの娘と自分の息子を結婚させそうな顔、してると思うから。

「もー、遊くんってば。確かに那由ちゃんは、ちょっと困ったいたずらをするけど……お兄ちゃんのことが大好きな、可愛いツンデレさんじゃんよ」

「…………？　ああ。ひょっとして、二次創作の那由の話してる？」

「してないよ！　オリジナル那由ちゃんの話‼　遊くんに色んなちょっかい掛けてくるのだって、那由ちゃんが遊くんを大好きだからでしょ！」

「それって、結花の感想だよね？」

「分からず屋だなぁ、もぉ‼」

なんか怒られた。

だって、ツンデレさんだとか……結花がめちゃくちゃなこと言うから。

俺に対する那由のデレ成分なんか、皆無でしょ。

永遠にゼロ。百パーセント濃縮還元のツン。

そんなことをぼんやり考えてると……結花はむーっと難しい顔をして。

頭まですっぽりと、布団の中に潜り込んだ。

そしてすぐに、ひょこっと目元まで出てきたかと思うと。

「……私は、神です」

「急になんのコントしてんの？」

「コントではありません。神があなたに、問い掛けています……那由ちゃんと電話してたときの結花ちゃんを、わがままをすぎたと思っていませんか？」

「はい？　那由との電話……ああ。ライブも、俺とのデートも、那由を呼んだクリスマスパーティーも、全部やるって言ったときのこと？」

「そうです……わがままな結花ちゃんに、嫌気が差していませんか？　……神は、気にしています」

「変な設定にせず普通に聞きなよ⁉　そんなこと思ってないから！」

「ふへへ……神は、帰ります」

神こと結花は、再び頭まで布団の中に潜り込んだ。

そして今度は、首元までひょいっと出てきて。

「あれ？　なんだか、神様の声が聞こえたような……」

「まだその設定続けてるの⁉　もぉ……結花に嫌気なんか差してないから、安心しなよ」

「はーい。ごめんなさーい」

俺の言葉に安心したのか、結花は小さく舌を出して、いたずらっ子みたいに笑った。

そうして、神様コントが終了したかと思うと。

「那由ちゃんも、なんだかいつもと違うなーって思ったんだけどね……なんとなーく遊くんも、いつもと違うような気がしたんだ」

ふいに核心を突くようなことを言ってきた結花に——俺は一瞬、言葉を失う。

「そ、そう？」

「うん。那由ちゃんが帰ってこないかもってなったとき、ちょびっとだけど……寂しそうな顔、してた気がしたから。勘違いだったら、ごめんだけど」

「……いや。うん……してたかも、しれない」

結花の純粋な瞳に。

俺はなんだか、無性に話したくなるのを感じた。

佐方家にとっての、クリスマスのことを。

「クリスマスは、特別な日だからね。那由にとっても……俺にとっても」

◆

——小四までの那由は、今とはまったく違うキャラをしていた。

「ね、お兄ちゃん！　見て見て‼　わたし、恋恋（こいこい）ダンス、踊れるようになったんだよ！」

「あー。なんかクラスの女子も、廊下でよくやってるわ。恋恋ダンス」

　ちなみに、その頃の俺は中一で。

　黒歴史も甚だしいけど……めちゃくちゃ調子に乗りはじめてた時期だった。

　マンガやアニメは好きだけど、男女問わず気軽に話せる……オタクだけど陽キャな『イケてる人間』だと、自分を高く見積もってたんだ。死にたい。

「他の女子とか、やーだー！　わたしの方が可愛いでしょ、おーにーいーちゃーん‼」

「服を引っ張んな那由、伸びる伸びる！　あのな、俺はもう中学生なんだよ。中学の女子には、そう……大人の色気ってのが、溢（あふ）れてんだよ」

「ふーんだ。若さには敵（かな）わないもんね！　ほら、わたしの方がお肌すべすべでしょ⁉」

………思い返してみても、「誰これ？」って感じだな。

　お喋（しゃべ）りで。かまってちゃんで。ボディタッチが多くて。

「わたし、可愛いでしょ？」感を、家族にも友達にもアピールする――そんな子だった。

　髪の毛は確か、今の結花くらいの長さだったな。

　前髪と、その両サイドの髪をぱっつんにした、いわゆる姫カット。

　服装も今と違って、フリルだらけのピンクの服とか、そういうのばっか着てたっけ。

そんな感じだった那由は、小学校低学年の頃までは、めちゃくちゃモテてた。

だけど……小学校も高学年に近づいてくると。

那由のそんなキャラは、段々と──『痛い』と思われるようになってきたみたいで。

声の大きい男子から、「ぶりっ子」とかからかわれたり。

一部の女子グループから、「男子に媚(こ)びてる」なんて言い掛かりをつけられたり。

そういうことが──増えていった。


「おーい、那由。飯だってよ」

那由の部屋をノックしながら、俺は声を掛ける。

「……ママ、帰ってきたの?」

「今日も仕事で遅いってさ。だから、インスタントラーメン」

「……いらない。ダイエット中だもん」

それっきり、那由からの返事はなくなってしまった。

諦めて階段を降りようとしたら、下で電話してるらしい親父(おやじ)の声が聞こえてくる。

「……え、帰れない?　忙しいのは分かるけど……いや、そうじゃなくって……」

ああ——また、夫婦で揉めてんのか。

急に冷めた気持ちになった俺は、夕飯いらないやと思い、二階に引き返す。

そして……那由の部屋の前で、足を止めて。

「なぁ、那由。出てこいよ……恋恋ダンス？　あれ、見せてくれよ。お前、めっちゃうまくなってたじゃん」

「……踊らないよ、もう」

今にも泣き出しそうな声で、那由が呟いたのが聞こえた。

学校でからかわれることが増えて、自分の部屋に閉じこもりがちになった那由。

ちょうどその頃、親父と母さんの関係もごたごたしてたから。

那由にとっては、家も学校も……安心できる場所なんかじゃ、なかったんだと思う。

そして那由は、冬休みに入る直前——学校に行かなくなった。

◆

「那由ちゃんも……不登校、だったの？」

言いながら結花は、うっすら目尻に涙を滲ませている。

「そんなに長い期間じゃないけどな。俺なんか、もっと短かったし。俺や那由のは、結花の傷つきに比べたらたいしたもんじゃ――」

「心の傷に、大きいとか小さいとか、そんなのないよ！」

きっぱりとした口調で、結花が言い放った。

「それに、那由ちゃんだけじゃなくって……遊くんも、辛かったんじゃない？　那由ちゃんが元気なくなって、おうちが大変だったら――寂しくなっちゃうよ、絶対」

「そんなことな……くは、なかったのかもな」

強がりたかったけど、できなかった。

だって結花が、俺の代わりに泣きだしそうな顔……してたから。

◆

――不登校になって以来、ますます部屋から出てこなくなった那由。

元気でお喋りだった那由が、静かになって。

親父と母さんが、ぎくしゃくしてて。

そうだな……結花の言うとおり、俺自身も寂しかったんだと思う。

だから、自分なりになんとかしようって。

中一だった当時の俺は——思いきった行動に出たんだ。


「那由。開けるぞ」

「え？　ちょっ……お兄ちゃん、いきなり入ってこないでよ！」

許可も取らずにガチャッとドアを開けて、俺は那由の部屋に入った。

パジャマ姿の那由は、慌てて布団の中に飛び込んで、芋虫みたいになる。

「……髪の毛、ぼさぼさだったぞ」

「いいよ、もう……可愛くセットしたって、また馬鹿にされるだけだもん」

「じゃあ、格好良い感じにしてみたらどうだよ？　意外と似合うかもしれないし」

「……どんな格好したって、どうせ駄目だよ。きっと」

顔も見せないまま、那由はぽつりぽつりと応える。

そして——涙声になったかと思うと。

「わたし、嫌われてるもん。どんな『那由』になったって……誰もわたしのことなんか、好きになってくれないもん！」

「――そんなわけ、ないだろ！」

那由の言葉に、カチンときた俺は。

那由がかぶってる布団を――一気にまくり上げた。

そこにいたのは、涙で顔をぐしゃぐしゃにして、震えてる那由。

「ば……ばか！　やめてよ、見ないでよ‼　こんなとこ……見ないでよ」

「誰も好きにならないって、なんだよ？　俺はどうなるんだよ……どんなお前になったって、俺がお前を嫌いになるなんて、あるわけないだろ！」

視界がぼやけるのを堪えながら、俺は絞り出すようにして言った。

「那由は、那由だよ。今の那由も、これからの那由も……俺にとってはいつだって、大事な妹だから。変わんないよ、それだけは……絶対に」

「……お兄、ちゃん」

それから俺は、那由の頭にポンッと手を置いて。

ちっちゃい頃みたいに、優しく撫でながら、言ったんだ。

「そういや、もうすぐクリスマスだな。すっげぇ盛り上げてやるから、期待しとけよ？　今年も来年も、その先もずっと……クリスマスくらい家族で一緒に楽しもうぜ、絶対に」

――それから年が明けて、新学期がはじまった。

「……じゃ、兄さん。行ってくる」

休んでいる間に、長かった髪をばっさり切った那由は。

サバサバした口調でそう言うと――再び学校に、通うようになったんだ。

◆

「あの頃からだな。那由が毒舌になって、ボーイッシュな格好をするようになったのは」

昔は「お兄ちゃんと結婚するの！」なんて、可愛いことも言ってたのになぁ。

極端から極端に変わったもんだ、あいつも。

どんな那由でも別にいいんだけど……対応に困るいたずらだけは、慎んでほしい。

「まぁ、そんな感じで約束したからさ。『家族の行事』として、クリスマスは毎年一緒に過ごしてきたんだよ。あの後すぐに、親父と母さんが離婚しちゃったのもあって、なおさら……クリスマスくらいは、大事にしたくって。俺も……那由もね」

それだってのに、那由の奴……クリスマスに帰らないだとか、柄にもないことを言い出して。どういうつもりなんだか。

――なんて考えていると。

唐突に、結花が俺の布団に潜り込んで……むぎゅーっと抱きしめてきた。

「ちょっ⁉　結花、どうし――」

「遊くんも、那由ちゃんも……いっぱい、辛かったんだね……頑張ったんだね……っ！」

ぼろぼろと大粒の涙を零しながら、俺のことを胸の中に包み込む結花。

そして中一の頃、俺が那由にしたみたいに――優しく頭を、撫でてくれた。

「遊くんと那由ちゃんが、今年も笑顔で、クリスマスを過ごせますように……」

気恥ずかしいから、最初は結花から離れようって思ったんだけど。

柔らかくて、温かくて、懐かしい匂いがして。

なんだか……離れがたくなっちゃって。

俺はおとなしく、結花に身を任せたまま。

いつもより穏やかな気持ちで――眠りについたんだ。

第5話　【やばい】声優のマネージャーと特撮ガチ勢が遭遇したところ……

「あれ、鉢川さん？」

「こんにちは。遊一くん」

玄関を開けると、そこには白いシャツに黒いジャケットを羽織った、しっかり者の社会人って感じの見た目な女性が立っていた。

明るい茶色のショートボブ。

唇にはピンクのルージュ。

スレンダーで、タイトスカートから覗く脚はすらっと長くて……実はモデルですって言われても、しっくりくる。

彼女は、鉢川久留実さん。

声優事務所『60Ｐプロダクション』で働いてる、和泉ゆうなのマネージャーさんだ。

「あ、久留実さん！　おはようございます‼」

リビングから出てきた結花が、てこてこと早足で俺の隣にやってくる。

そして、笑顔のまま首をかしげて。

「でも、どうしたんですか？　急にうちに来るなんて……」

「ゆうな！　本当に、ごめんなさい‼」

結花の言葉を遮る勢いで、そう言って。

鉢川さんは九十度くらいの角度まで、深く頭を下げた。

突然のことに、俺と結花は顔を見合わせる。

「く、久留実さん、顔を上げてくださいよ⁉　そんな謝られるようなことなんて、なんにもないですし‼」

「わたし、鉢川久留実はこのたび、沖縄のインストアライブの際に、車のパンクという不測の事態とはいえ、担当声優である和泉ゆうなのスケジュールを大幅に乱してしまいました。インストアライブの開催が危ぶまれるような状況にまで発展したことは、担当マネージャーとして大変遺憾――」

「やめてくださいよ、俺たちの家の前で謝罪会見みたいなのはじめるの⁉　ご近所さんから、やばい家だって思われちゃうから‼」

「そうしたご意見を真摯に受け止めて、今後はこのようなことがないよう……」

「だから、取りあえず家に入ってくださいって！　鉢川さん‼」

「いいえ。わたしのような者が室内に入るなんて、おこがましいので」

「入んない方が迷惑だって言ってんの‼」

埒が明かなすぎて、思わず声を張る俺。

反省もいきすぎると、むしろ反省しない方がマシな感じになるんだな……。

とにかく、無理やりにでもいったん家の中に入ってもらおうと、俺と結花で説得していたら――。


「ん？　何やってんの、結ちゃんたち？」


そんなタイミングで。

鉢川さんの後ろから、ひょこっと二原さんが現れた。

腰元をキュッと絞った白いチュニックに、デニムのショートパンツ。

首に掛けたネックレスには、百合の花みたいなペンダントトップがついている。

「……あれ？　なんか見たことある気がする、その格好」

「お、いいとこに気付いたねぇ佐方！　ふっふっふ……花言葉は、純潔！　白く咲き誇る百合の花――マンカイリリー‼」

「あ、分かった！　桃ちゃんが着てるの、マンカイリリーの私服姿だよ、遊くん‼」

あー、そうだ。

毎週日曜日に放送してる特撮番組『花見軍団マンカイジャー』——そこに登場する、マンカイリリーの変身前の服装だわ、まさに。

この間はマンカイヒマワリの変身前の服装を真似してた二原さんだけど、これも一種のコスプレだよな。

俺の関係者、コスプレする人が多すぎない？

「ま、それはいいとして……玄関先で、なに揉めてんすか？　お姉さん、セールスの人だったり？」

「え、えっと。セールスではなくてですね、ゆう……結花さんにお世話になっている者、と言いますか……」

唐突に絡んできたギャルに、鉢川さんは言葉を選びながら答えた。

ああ……そういえばこの二人、初対面だっけ。

鉢川さん的には、結花が声優だなんて個人情報を、勝手に漏らすわけにはいかないもんな。めちゃくちゃ濁して説明してる。

そのせいで、二原さんはいまいちピンとこないんだろう——首をかしげながら、さらに鉢川さんに尋ねた。

「お世話になってる？　スーツのお姉さんが、結ちゃんに？　んーと……親戚の人とか、そういう系です？」

「い、いえ。血縁者ではないのですが、結花さんには色々と頑張っていただいてまして。遊一くんにも、色々とお手間を取らせたり……」

「結ちゃんが頑張って？　佐方に手間を取らせる？　なるほど……分かった！　あれだ、佐方の第三夫人ってやつっすね‼」

「頭マンカイすぎない、二原さん⁉」

どんな思考回路してたら、そんな結論に落ち着くんだよ。

なんだ、第三夫人って。

「あれ、違うん？　佐方の正妻は結ちゃんっしょ。んで、おっぱい恋しいときの第二夫人が、うちじゃん？　だから、第三夫人かなーって」

「ちょっと黙ろうか、二原さん？」

「おっぱいが恋しいとき⁉　遊一くん、どどど、どういうことなの⁉　これ以上スキャンダルが重なったら、わたしも庇いきれない……うう、お腹が痛い……」

「こんなギャルの妄言を本気にしないで、鉢川さん⁉　あー、もぉ……結花からも二人に説明を……」

「ぶー」

──────はい？

意味の分かんないタイミングで、頬を膨らませはじめた結花。

こんな理不尽な四面楚歌、初めて見たわ。

「えっと……結花さん？」

おそるおそる、結花に声を掛けると。

結花は唇を尖らせたまま……言った。

「遊くんの、おっぱいばか……」

「馬鹿はどっちなの⁉　俺は一言も、そんなこと言ってないでしょ‼」

と、まぁ──こんな感じで。

特撮ギャル・二原桃乃と、和泉ゆうなのマネージャー・鉢川久留実という、異色の取り合わせは。

ありえない大騒ぎの中で、初遭遇を果たした。

……マジで勘弁してほしい。

◆

「いやー。にしても、まさか結ちゃんのマネージャーとは思わなかったわー。ちょー、びっくりしたんですけど！」

「いやいや。最初に第三夫人を連想する方が、おかしいって……」

「こっちこそ、気を失いそうになったわよ。ゆうなに許嫁がいるって聞いたときですら、血の気が引いたのに。その相手に浮気相手とか……もう終わりだってね。あー結婚して退職でもしたいなーって、現実逃避しかけたわ……」

「え、結婚？　鉢川さん、彼氏できたんですか？」

「――は？　いませんけど？　妄想ですけど何か？」

なんかマジなテンションで凄んできた。

自分でネタ振りしたのに……なんたる理不尽さ。

「ってか、結ちゃん。このカステラ、めっちゃうまくね？」

「うん、おいしーね！　こんなおいしいカステラ、食べたことないですよ久留実さん‼」

「お詫びの品だから、いい物にしなきゃって思ってね。有名なお店なのよ、そこ」

「あ、知ってます知ってます！　すっごい人気店っすよね？　うちら高校生じゃ、高すぎて買えないやつ。いやぁ、やっぱキャリアウーマンは違いますねー。大人って感じ？」

「そ、そうかしら？　まぁ、一応これでも社会人だからね。大人として、きちんとしたものを用意してきたつもりよ？」

「えへへ……ありがとうございます、久留実さん！」

――なんか女子三人が、和気あいあいと盛り上がってる。

ガールズトークすぎて、俺はただお茶を啜ることしかできないわ。

っていうか、二原さんと鉢川さん、今日が初対面だよな？

普通にぽんぽん会話してるけど……。

さすがはギャルと、声優のマネージャー。コミュ力のレベルが違う。

「はい！　質問なんですけどー。久留実さんってスタイルいいし、美人じゃないっすか。声優のマネージャーさんって、みんな見た目とかしっかりしてるんです？」

「もー、桃乃ちゃんってば、褒めても何も出ないよ？　色んなタイプの人がいるけど……わたしの場合は、お化粧とか服装とかには気を遣ってるかな。オフのときと仕事モードのときで、スイッチを切り替えたいからね」

「やば、さっすが社会人！　めっちゃ格好良くないっすか？」

「もー、やめてよー、桃乃ちゃんってばー」

鉢川さん……満更でもない顔しすぎっていうか、だいぶオフの方に寄ってきてない？　スイッチ切り替えなかったら、恋バナとか好きな、女子大生みたいなテンションなんだから。鉢川さんは。

「えへへっ。桃ちゃんと久留実さんが仲良くなって、嬉しいね遊くんっ」

そんな二人を見ながら、結花は無邪気にニコニコ笑ってる。

何よりも、みんなが笑顔でいることが好きな結花だから。

自分の大事な友達と、大切なマネージャーさんが、親しくなるってのは——心から嬉しいんだろうな。

「……久留実さん。これからも結ちゃんを、よろしくお願いします」

そんな結花のことを、ちらっと横目で見てから。

二原さんは立ち上がって——深々とおじぎをした。

「も、桃ちゃん？」

「結ちゃんは優しくて可愛くって、何事にもガチで頑張れる、すっごい大好きな友達なんです。近くにいるときは、めっちゃ応援するし困ってたら力を貸すけど……さすがに声優の仕事とか、うちじゃ分かんないんで。久留実さん……よろしくお願いします」

「そっか……ゆうな、いい友達がそばにいるんだね。なんだか、安心したわ」

二原さんを見つめたまま、鉢川さんはしみじみと言った。

「デビューした頃のゆうなはね、いつも自信がない感じで不安そうにしていて……正直、心配だった。だけど、いつからか……ゆうなは自然にたくさん笑うようになった。キラキラした、眩しい笑顔で」

「あ、分かります！　動画で観たんですけど！　和泉ゆうなになった結ちゃん、めっちゃ輝いてますよね‼」

鉢川さんの言葉に、二原さんはパッと顔を上げて笑った。

そんな二原さんを見て、鉢川さんはふっと微笑む。

「ゆうなが変わったのは、『恋する死神』さん――遊一くんのおかげなんだって思っていたけど。遊一くんだけじゃ、なかったのね。桃乃ちゃん――ありがとう。ゆうなのことを、支えてくれて」

「……え？　あ、いや……うちは、別にそんな」

褒められた途端、口ごもりだした二原さん。

前髪を指先でいじって、照れたように俯きはじめる。

「私も――桃ちゃんのこと、大好きだよっ！」

珍しい態度の二原さん目掛けて――結花はギューッと抱きついた。

それから、鉢川さんと俺を交互に見ると、満面の笑みを浮かべて。

「桃ちゃんも大好きだし、久留実さんも大好きですっ！　それから、んーと、実家の両親も勇海も大好きだし、那由ちゃんも大好きで……とにかく！　みんな、いつもありがとうございますっ‼」

――結花のこういう素直さが、みんなを惹きつけるんだろうな。

慣れない相手とのコミュニケーションは、まだまだ苦手な結花だけど。

身近な人に対しては、いつだってまっすぐな気持ちをぶつけてくる。

そんな結花だからこそ、俺も……。

「あ、えっと……それからね？　えへへー……遊くんは、特別好き。みんなへの大好きより、さらにもーっと、大好きだよっ‼」

――まったく予期しないタイミングで放り投げられた爆弾に、俺は「ぶっ」と噴き出してしまった。

いやいや。待って待って、二人っきりとかじゃないんだからね？

そんな爆弾発言をされたら、二原さんと鉢川さんが……。

「ほい、佐方のターンじゃね？」

「絶対そう言うと思ったよ……二原さんは」

「遊一くん。大人として言わせてもらうけどね？　女の子が気持ちをぶつけてきたとき、はぐらかすような男になっちゃ駄目だよ！　本当に……そういう奴はさぁ……はぁ」

「鉢川さんのは、私怨が入ってますね⁉」

「はいはい、そーいう誤魔化しはいーから。結ちゃんだって、『特別好き』の返事──佐方から聞きたいっしょ？」

「うんっ！　聞きたいっ‼」

素直すぎるうちの許嫁が、即答したもんだから。

二原さんと鉢川さんが、ますます盛り上がりはじめちゃって。

しばらくの間……俺は女性陣二人から、延々とはやし立てられる羽目になった。

──こういう素直さが、結花の魅力なんだって分かってはいるけど。

この人たちの前では、もうちょっとだけ……自重してほしい。切実に。

第6話　許嫁が不在なので、悪友と遊ぶことにした

「しょんぼりー……」

しょんぼりってそのまま言語化する人、初めて見た。

ツッコミどころ満載な結花（ゆうか）だけど……玄関のところでうな垂れてるもんだから、とてもツッコめる雰囲気じゃない。

「寂しいよう……遊（ゆう）くーん……」

「そんな泣きそうな顔しないの。ライブで元気がないと、困るでしょ？」

「ライブの前に孤独死しちゃうかも」

「大げさだな⁉　今日だけでしょ、家にいないのは！」

「でも、今日はもう会えないもん。人間は酸素がないと、すぐ死ぬもん」

俺、酸素だったのか……。

なんて、益体もないことを考えてると、結花がぷっくり頬を膨らませはじめた。

ああ。完全に駄々っ子モードの結花だわ、これ。

まった。

——それは、『ラブアイドルドリーム！　アリスラジオ☆』というコンテンツからはじ

天真爛漫で、いつもキュートな笑顔を振りまくアリスアイドル、ゆうなちゃん。その声優・和泉ゆうな。

ストイックにクールに、アリスアイドルの頂点を目指す、らんむちゃん。その声優・紫ノ宮らんむ。

正反対のキャラな二人が。

危なっかしすぎるトークで、ネット界隈を震撼させ。

空前絶後の神ユニットが、誕生した。

そう、その名は——『ゆらゆら★革命』‼

「……って、知ってるよ！　私が『和泉ゆうな』なんだから‼」

あ。つい声に出しちゃってた。

だけど、ついドキュメンタリー番組みたいなトーンで語りたくなるくらい、『ゆらゆら★革命』は魅力的なんだよなぁ。

ゆうなちゃんも『ゆら革』も——神すぎて泣ける。

「そうだよ……今日は泊まり掛けで、名古屋公演。もちろん、和泉ゆうなを待ってるみんなのために頑張るぞーって、思ってるけどさ……遊くんがいない夜とか、そんなの寂しいしかないじゃんよ……」

大阪公演のときは、日帰りでスケジュールを組んでたけど。

慣れない遠征で疲れ果てた結花は、帰りの新幹線でダウンしてしまった。

その反省を踏まえたらしく、珍しく鉢川さんが「今回は泊まり掛けじゃないと駄目！」って、強めに言ってきたもんだから。

——一緒に暮らすようになってから初めて、俺と結花は別々の場所で、夜を過ごすことになったってわけだ。

「遊くんは寂しくないんだー……私はこんなに、しょんぼりなのにー……」

「寂しくないわけじゃないって、結花」

今にも泣きそうな結花の頭を、ゆっくりと撫でながら。

波のない海みたいに穏やかな心で——素直な思いを告げた。

「俺だって寂しいよ、結花がいないのは。だけど、『ゆらゆら★革命』って奇跡は……ゆうなちゃんファンがこの世に生を受けた理由と言っても、過言じゃないから。ここで結花を引き留めたら——たくさんの死者が出ると思うんだ」

「待って⁉　どう考えても過言だよ⁉」

「だから俺は、佐方遊一としてじゃなく、『恋する死神』として――結花を、和泉ゆうなを名古屋に送り出す使命があるんだ。このライブは、ただのライブなんかじゃない！　すべてのゆうなちゃんファンの魂を浄化する――救世の儀式なんだから‼」

「大げさすぎだってば⁉　勝手にインストアライブを儀式に変えないでよ、もぉ‼」

めちゃくちゃ理路整然と説明したのに、余計に怒られた。

そんな俺を、じろっと上目遣いで睨んでから……結花はため息を吐いた。

「遊くんの話は大げさすぎだけど……ファンのみんなが、すっごく楽しみにしてくれてることくらい、さすがに分かってるよ？　だから――私だってライブが楽しみだし、絶対頑張るぞって思ってるもん」

結花がぽつりぽつりと語るのを、俺は頷きながら静かに聴く。

……それを言うなら、俺だって分かってるよ。

結花がファンを大事に思ってることも、インストアライブでみんなを笑顔にしたいって思ってることも。

それでも、俺と離れる寂しさから……最後に甘えたかったってことも。

「はい、結花」

分かってるからこそ、俺は……自分から大きく両手を広げた。

そんな俺の顔を、結花はちらっと見てから。

ぼふっと——胸の中に、飛び込んできた。

「行ってきます、遊くん……帰ったら、もっと甘えていい？」

「行ってらっしゃい、結花。ライブが成功するよう本気で応援してるし——帰ってきたら、結花の気が済むまで付き合うよ」

「……ん。ありがとね、遊くん……大好き」


そして結花は、一泊二日の名古屋遠征に出掛けた。

結花がいなくなってから、ふっと部屋が静かなことに気が付く。

——結花の前では、強がりを言っちゃったけど。

俺も結構……寂しいって感じてるんだよな。

◆

「うぉぉぉぉ！　遊一ぃ！　らんむ様のＵＲが出たぞぉぉぉ‼」

『アリステ』のガチャを回してたら、目の前でマサが絶叫しながら立ち上がった。

獣のようにはしゃぐ悪友——倉井雅春。

ちょっと人前に晒せないほどの騒ぎようだけど、まぁこいつの部屋だし、いっか。

そう。俺は今、マサの家に遊びに来ている。

——結花のいない家は静かすぎて、なんか落ち着かなかったから。

マサがいるとうるさすぎて、こっちはこっちで落ち着かないけどな。

「遊一……今日の俺、ガチャ運がやべぇよ。こんなのもう、早めのクリスマスプレゼントじゃねぇかよ……」

なんか震えてるし。

「お前のところに来るサンタは、当たりガチャを持ってくんのか」

「馬鹿言え。俺のサンタクロースは——らんむ様だよ。俺に夢と希望を、運んできてくれる……うっ⁉ 見えた、見えてきたぞ……宇宙で一番サンタコスが似合ってる、らんむ様の姿が‼」

「お前、マジで言ってんの？」

どうかしてる発言の連発に、俺はため息を吐く。

ちょっと冷静になれって。

「あのなマサ、言わせてもらうけど……サンタコスが宇宙一似合うのは、ゆうなちゃんだからな？　冷静に考えて」

「お前の中ではそうなんだろう……お前の中ではな」

ふっと、不敵に笑ってきやがった。

なんて不敵な顔が似合わないんだ、こいつ。

「しっかし……らんむ様のURのおかげで、空気がうまいぜ。『ゆら革』の名古屋公演に行けなかった悲しみが、嘘みたいに晴れていきやがる」

「一人で賢者モードになるなよ、腹立つから。あー……なんで全然ゆうなちゃんが出ないんだよ……でるちゃんはもう、三回もかぶってんのに。俺のガチャだけバグってないか、これ？」

「日頃の行いの差が、ガチャ運に出てんじゃねーか？」

「少なくともお前より、まともに毎日を過ごしてるけどな」

「甘いな、遊一。俺はな……授業中だろうと、家で飯食ってようと、ガチャを回し続けてきたんだよ！　そんな俺に、ガチャの神様は微笑んだってわけだ‼」

素行悪すぎだろ。死ぬほど怒られればいいのに。

調子に乗ってるマサを横目に見ながら、俺はいったんスマホをポケットに仕舞った。

「はぁ……取りあえず、いったん時間置くわ。ガチャ運が戻るまで」

「じゃあ、その間にあれ見ようぜ。『にんげんって許嫁』――今期の覇権アニメ確定だぞ？　ＰＶで分かるレベル」

――唐突に『許嫁』なんてフレーズを、振られたもんだから。

俺は思わず、ビクッとなってしまう。

そんな俺を見ていたマサが、「あん？」と怪訝そうな声を出した。

「んだよ、気乗りしねぇのか？　だったら、あっちにするか？　『五分割された許嫁』のイベントブルーレイ、この間買ったんだぜ」

「……なんでそんな、許嫁もの推しなの？　お前」

「は？　そんなにジャンル絞ってねぇよ。ラブコメ以外がいいんなら、あれにするか？　ネットで話題になった、最終回にいきなり主人公が代わる――」

許嫁トラップを警戒したけど、どうやら違ったらしい。

紛らわしいな、ったく。


――そして最終的に、二人で話し合った結果。

公式チャンネルで配信中の『アリステ』関係の動画を、再度履修することに決定した。

「……るいちゃん、やっぱダンスのキレが半端ないな。『八人のアリス』に選ばれるだけの実力だわ、これは」

「ああ……でもよ、遊一。俺はやっぱ、らんむ様のキャラソン『乱夢☆メテオバイオレット』――好きすぎるんだよ」

「分かる。推しとかそういう次元じゃなく、さすがにらんむちゃんの歌唱力は、異次元と言わざるをえない」

「そんならんむ様のクールな歌声と、ゆうな姫の愛らしい歌声が、パーフェクトハーモニーになる……『ゆら革』の『ドリーミング・リボン』って、もはや国歌じゃね？」

「国歌超えて、地球のテーマソングだろ」

画面から目を逸らすことなく、俺とマサは会話する。

『アリステ』ユーザーは、『アリステ』ユーザーと惹かれあう。

やっぱマサと遊ぶときは、気を遣わなくていいからリラックスできるな……。

「なぁ、遊一。変なこと言うけどよ……今日のお前見てたら、なんか安心したわ」

「……は？」

画面の向こうの世界にトリップしていたら、マサが妙なことを呟いてきた。

何事かと、俺はマサの方に顔を向ける。

「なに言ってんだ、急に？　悪いけど、ＢＬ展開だったらよそでやってくんない？」

「ちげぇよ、馬鹿。俺だって、美少女にしか興味ないっつーの。そうじゃなくってよ……この時期に元気な遊一を見んの、久しぶりだなって思ってさ」

「この時期って？」

「クリスマス近くは、いつもよそよそしくなんだろ、お前。中一くらいから、ずっと」

――ああ。

なんだよ。美少女にしか、興味ないんじゃなかったのかよ。

よく見てんな……さすが腐れ縁だわ。

「中学でははっちゃけてた頃ですら、お前……クリスマスだけは絶対、さっさと家に帰ってただろ？　来夢たちがクリスマスパーティーしようって誘ったときですら、即答で断ってたもんな」

「……はっちゃけてたって言うな。人の黒歴史を掘るのは、犯罪だぞ？」

むず痒いから軽口で返したけど。

マサの言うとおりなんだよな。実際に。

中一の頃からずっと、クリスマスだけは――家族で過ごすって決めてたから。

「知ってんだろ、マサは……中一のこの時期、うちがめちゃくちゃだったの」

「腐れ縁だからな」

「……那由には随分辛い思いをさせてきたからな。小学校のこととか、親の揉めごととか、色々あったし。その後だって、母親がいなくなったり、中三で俺がフラれて引きこもったり――だからせめてクリスマスくらいは、兄らしいことをしてやりたかったんだよ」

「遊一のそういうとこ……結構ガチで、尊敬してるぜ？　惚れそう」

「うるせぇよ」

最後はお互い、罵りあう感じになったけど――照れ隠しにはちょうどよかった。

マサとは、くだらない話をしてるくらいが、一番居心地がいい。

「つーかよ。何があったんだか知らねぇけど……なんか最近のお前、表情が良くなったよな。中学のはっちゃけてた遊一とはまた違う、穏やかな感じによ」

「さっきからなんだよ？　俺の身体が目当てなの、お前？」

「ふざけんじゃねぇ、馬鹿。ま、なんでもいいけどな……元気なら、それに越したことはねぇし」

――腐れ縁で。悪友で。『アリステ』仲間で。

馬鹿なことばっか言ってるけど、根は本当に友達思いなマサ。

言うのも恥ずかしいけど――『親友』って言葉が、一番しっくりくる関係なんだろうな。

「……なぁ、マサ。実はさ」

そんな、旧知の仲のマサに対して。

俺はずっと言えずにいた事実を――告げた。

「少し前からなんだけど、俺……許嫁が、できたんだ」

「知ってる。ゆうな姫だろ？」

――――え？

当たり前みたいに即答するマサに、俺は言葉を失う。

「え？　マ、マサお前、知って……」

「当たり前だろーが。どんだけ俺が、お前と一緒にいると思ってんだよ」

そっか……気付いてたんだな、マサ。

俺がゆうなちゃんの声優・和泉ゆうな――綿苗(わたなえ)結花と婚約してるって。

すげぇな、マサ。

らんむちゃんを推しすぎて、ついにお前、紫ノ宮らんむ並の洞察力を手に入れ――。

「ちなみに俺は、もう結婚してるけどな！　らんむ様と‼」

「………………あん？」

急転直下の阿呆発言に、俺は変な声が出た。

そんな俺に目もくれず、マサはなんか力説しはじめる。

「らんむ様ってよ、結婚したら……意外とポンコツなところが、あるんだぜ？　イベントとかで、たまにあったろ？　私生活のとき、なんか変なことするらんむ様……あれを間近で見てると、なんかギャップが堪らなくってよ！」

「それってお前の、妄想だよね？」

「なんで急に手のひら返ししてんだよ⁉　そんなこと言い出したら、遊一のゆうな姫との婚約話だって、同じじゃねーか‼」

前言撤回。紫ノ宮らんむとは、全然違うわ。

マサは相変わらず、マサのままだ……安心するくらいに。

☆涙が出ちゃう……遊くんがいないんだもん☆

「お疲れさま、ゆうな。この間より、ダンスのキレが良くなっていたわね」

「あ、ありがとうございます！　らんむ先輩‼」

名古屋公演を無事に終えて、楽屋に戻った私たち『ゆらゆら★革命』。

そこで、らんむ先輩から褒められて……私はもう、飛び上がりそうなくらい嬉しくなっちゃった！

尊敬する先輩で、一緒にユニットを組ませてもらってるパートナー――そんな、らんむ先輩の言葉だもん。

「ゆうな、どうかしたの？　笑っているけれど、いつもより表情に陰りがあるわ」

「え⁉　そ、そうですか？」

淡々とした口調で、ズバッと指摘してくるらんむ先輩。

そんなの急に言われたら、挙動不審になっちゃいますよ。

「まぁ、いいわ……心の中がどうであれ、本番はきちんと笑顔でこなしたのだから。プロとしての使命をまっとうしたわね、ゆうな」

「あ、え、えっと……ありがとうございます」

「ただ――いつかその感情が足枷にならないよう、気を付けなさい。たった一日でこんなに影響されるほどなのだから」

う……ひょっとして、らんむ先輩にバレちゃってる？

私の元気がない理由が、『弟』と離れて寂しいからだって。

相変わらずらんむ先輩ってば、エスパーみたい。

「あと……そうね。離れたときに分かるありがたみというものも、あるはずだから。もう少し気持ちを強く持てるようになると、いいと思うわ」

そしてふいっと、私に背中を向けると。

らんむ先輩は穏やかな口調で――言いました。

「それに『弟』さんは……少し離れたくらいで変わるような人じゃないわよ。多分ね」

◆

「うー……らんむ先輩の言うことも、分かるけどさぁ……」

久留実さんが取ってくれた、ホテルの部屋で。

私はベッドの上でじたばたしながら、一人で声に出しちゃう。

もう二十二時だよ？　いつもだったら、遊くんとリビングでお喋りしてる時間だよ？

なのに……今日はもう何時間も、遊くんの声を聞いてない。

「うにゃー！　おかしくなっちゃうよぉー‼」

脚をバタバタさせながら、叫ぶ私。

はたから見たらきっと、馬鹿みたいだよね。

でもさ？　それだけ寂しいんだから、仕方ないじゃん？

「はぁ……私ってばなんで、こういうときに限ってスマホ忘れてきちゃったんだろ……ドジすぎるよぉ……」

そう。

最初の予定では、ライブが終わったら遊くんに電話しよーって、思ってたんだ。

だけど……びっくりしたよね。

鞄を開けたら、スマホが入ってない！

朝しょんぼりしすぎて、入れ忘れたんだ‼　……って。

久留実さんに借りる案も考えたんだけど……同じホテルにいないんだよねー……。

声優のホテル代はいいけど、マネージャーのホテル代は節約しろって事務所に言われてるから、カプセルホテルに行くって言ってたっけ。

久留実さん、ごめんなさい。いつも苦労ばっかり掛けちゃって。

「……あ。そっか！　ホテルの電話でかけちゃえばいいんだ‼」

私ってば、めっちゃ頭いいかも！

よーし、遊くんに電話だー！

……って思ったところで、私はハッとしちゃった。

そうだよ。スマホだといつも、電話帳の『遊くん』をポチッと押すだけだから――電話番号、ちゃんと覚えてないじゃんよ。

「……私ってば、危機管理能力、なさすぎ……」

がっくしと、またまた枕に顔を埋（うず）める私。

家に帰ったら、遊くんの電話番号、暗記しないとだね……はぅ。

――プルルルルッ♪

「わっ⁉」

しょんぼりしてたら、急にホテルの電話が鳴り出しました。

なんだろ？って思いながら出たら――相手はフロントの人。

『お客様がいらっしゃっています。佐方遊一さま、とのことですが、お通しして大丈夫でしょうか？』

「遊くん⁉　は、はい！　お願いします‼」

え？　え？　遊くんが……ホテルまで⁉

まさか遊くんってば……サプライズで名古屋まで来てくれたの⁉

きゃー！　嬉しいー‼　好きー‼

――コンコンって、部屋のドアをノックする音が聞こえた。

ふへ、遊くんだー……って、にやけながらドアを開けると――。

「やぁ結花。遊にいさんと同じくらい君を愛している、可愛い妹の――勇海だよ？」

「帰れ」

なんか気取った顔をしてる妹が見えたので。

私は思いっきり、ドアを閉めてやった。

ドンドンッて、勇海が外からドアを叩いてくるけど、無視だもんねーだ！

「結花、取りあえず開けようか？　ホテルの廊下に閉め出されてる爽やかイケメンなんて、変な噂を立てられちゃうでしょ？」

「うっさい、ばーか！　遊くんの名前を使う卑劣な方法——絶対に許さない‼」

「だって、そうでもしないと結花、僕を追い返すかもしれないでしょ？」

「それは勇海が、いっつも私を子ども扱いするからでしょ！　ちゃんとした理由があって来たんなら、普通に入れるよ‼」

「僕はただ……遊にいさんがいなくて泣いている、寂しがり屋の子猫な結花を、朝まで抱きしめに来ただけだよ？　ふふ……甘えん坊さんだもんね、結花は」

「子ども扱いしに来ただけじゃんよー‼　もう帰れー‼」

もぉ、ムカつくー！

いっつもこうやって、私をからかってくるんだから‼

勇海は普段、イケメン男装コスプレイヤーとして女子人気が凄いらしいけど……私に言わせれば、ただの面倒な妹だもんね。本当に！

ちなみに、外にいる勇海はいつもの執事みたいな格好。

なんで姉のホテルを訪ねてくるのに、男装してんのさ。カラコンまで入れちゃって。

「ごめんってば結花。あ……ホテルの人がこっちに来てる！　まずいって結花、このままだと僕が不審者扱いに‼」

「不審者みたいなもんでしょ！　遊くんだって嘘ついて、部屋まで来たんだから‼」

ドアを叩く音が、どんどん強くなってきた。

もぉー……ムカつくけど、さすがに実の妹が捕まるのは嫌だから、仕方ないなぁ。

というわけで、私はしぶしぶドアを開けようとして——。

——ピコンッて、すっごいアイディアが閃いちゃった！

「はぁ、酷い目に遭った……結花、ありが——」

「勇海、一生のお願い！　スマホ貸して‼」

「え？　い、いいけど……どうして？」

義理の兄妹だから、遊くんと勇海は連絡先を交換してるもんね。

……えへへっ。これで遊くんと、お話しできるぞー♪

第7話　【悲報】入浴中に許嫁と通話してたら、大変なことになった

「遊一。次、風呂入ってこいよ」

「……おう……分かった……」

「んだよ、お前⁉　俺が風呂に入ってる間に、なんでそんな消耗してんだ⁉」

大きな声を出すマサの方に、ちらっと顔を向ける。

まだ濡れてるせいで、いつものツンツンヘアがへにょってなってやがる。

ははは――笑う気にもなれねぇわ。

「……風呂、行ってくる」

強く握り締めてたスマホをポケットに仕舞うと、俺はゆっくりと立ち上がった。

きっと今の俺、瀕死の顔してんだろうな。

「どういうテンションだよ？　久しぶりに人んちに泊まったかと思えば……ゆうな姫にフラれたとか、それくらいやべぇ顔色してんぞ、遊一？」

――ゆうなちゃんにフラれた。

鈍器でぶん殴られたときくらいの衝撃が、脳に走る。

目の前が真っ暗になる。

おお、遊一よ。死んでしまうとは情けない。

――結花と暮らすようになって、かれこれ八か月近く経つ。

そんな中、初めて結花のいない夜を迎えた俺は……なんか堪えられなくって、久々にマサの家に泊めてもらうことにした。

一人暮らしをしてた高一の頃は、一人の夜なんて慣れっこだったのにな。

まぁ、とはいえ……かまってちゃんで甘えっ子な、あの結花のことだ。

ライブが終わったらＲＩＮＥなり電話なりしてくるだろうって、そう思っていた。

マサに見られるのは恥ずかしいから、タイミング計るのが難しいなー。いやー、どうしよっかなー。

………なんて調子に乗っていたのが、一時間くらい前まで。

もう二十二時を回ったってのに――結花からは一向に、連絡がくる気配がない。

「……おかしいな。スマホの調子が悪いのか？」

マサの家の湯船に浸かったまま、俺はジップロックに入れたスマホを操作する。

あまりに連絡がないから、こっちから何回かRINEは送った。

だけど、返信がないどころか――既読すら付かない。

「普段の結花なら、行きの新幹線の時点で、ＲＩＮＥしてくるはずなんだよな……百歩譲って、そこは紫ノ宮らんむが一緒にいたからかもしれない。でも……こんな時間まで一人になるタイミングがないなんて、ありえるか？」

気持ちが落ち着かなすぎて、ひたすら独り言を呟きまくる俺。

そんなことしたって、ＲＩＮＥが返ってくるわけないんだけど。

「まさか、大阪公演のときみたいにダウンしてないよな……？」

いや……それはないか。

そうならないために、泊まり掛けでスケジュールを組んだわけだし。

万が一そんな事態になってたとしたら、さすがに鉢川さんから連絡がくるもんな。

じゃあ、他に考えられる理由って……なんだ？

気を紛らわせるためにスマホで適当なサイトを見ながら、俺はぐるぐると脳細胞をフル回転させる。

【画像あり】あの有名声優同士の熱愛デート、まさかの流出⁉


「ぎゃあああああああああ⁉」

画面に表示された恐怖のゴシップ記事に、俺は思わず絶叫した。

くそっ！　人の恋愛を勝手にスクープして、はやし立てんなよ‼　いいだろうが、声優だって人間なんだから、誰とデートしたって‼

……………ああ、もう。

なんかめちゃくちゃ、嫌なこと考えちゃったじゃないか。

結花はいつだって無邪気で、天然で、一途で。

そんなこと、あるわけないって分かってるんだけど。

分かってても……連絡がないと、つい不安になってしまう。

「結花……もう強がんないからさ。俺も結花がいないと寂しいって、今度からちゃんと言うから。だから……連絡くれよ」

そんなことを独り言ちながら、俺は縋るように、ＲＩＮＥのトーク画面をひたすらスクロールする。

――ブルッ♪

「ん⁉」

『わっ⁉　……出るの早いですね、遊にいさん』

取り憑かれたようにスマホを操作してたもんだから、突然かかってきたＲＩＮＥ電話を、俺は意図せず取ってしまった。

相手は、結花……じゃなくって、勇海。

ため息を吐きそうになるのを堪えて、俺はスピーカー設定にして、勇海に話し掛ける。

「もしもし？　どうかしたのか、勇海？」

『…………』

「ん？　おーい、勇海？　何をごそごそやって――」

『……ゆーくーん』

――――⁉

び、びっくりした……心臓が飛び出るかと思ったわ。

だって、今の勇海の声――驚くほど結花に似てたんだもの。

結花を渇望してる今の俺には、ちょっと刺激が強すぎる。

「あのな、勇海。どういう趣旨の悪ふざけか知らないけど、いきなり結花の声真似は勘弁してくれよ。姉妹だからマジで似てて……ドキッとするから」

『ド、ドキッとした……んですか⁉　ゆーにーさん！』

だから、結花の声を真似すんのやめろってば。

俺は深くため息を吐いて、答える。

「あのな、勇海……正直に言うけど。俺は今、結花から連絡がなくてやきもきしてるの。ライブで忙しいのかもしれないけど、ＲＩＮＥも電話もなくって……だからちょっと、今はそういうネタで笑える気分じゃ――」

『や、やきもき⁉　ひょ、ひょっとして遊く……ゆーにーさんは、寂しいのかにゃ？』

「にゃ⁉　いつものイケメンキャラはどうしたんだよ⁉　っていうか、マジでなんの用なんだよ勇海⁉」

『い、いいから、質問に答えろし！』

「なんで今度は那由の真似⁉　しかも声は結花のままじゃねぇか、せめて那由の声に似せろよ！」

義妹とはいえ、さすがに悪ふざけがすぎる。

だから俺は、ちょっと語気を強めて――ぶっきらぼうに言った。

「……はいはい、寂しいよ。結花がそばにいるのが当たり前になってたから、ガチでテンションが低いの。だから、用事がないんなら切りたいんだけど？」

『……ふへっ。ふへへへへへっ♪　ふへー、ふへー♪』

スマホがぶっ壊れたんじゃないかって思うくらい、ふへふへ音がスピーカーから聞こえてきた。

何これ？　いくら実の妹とはいえ、ここまで結花を完全再現できるもんなの？

…………いや。まさかとは思うけど。

嫌な予感がした俺は、声を潜めて――尋ねた。

「えっと……ひょっとして勇海じゃなくて、結花？」

『ふへー♪』

『結花、それじゃあ何も伝わらないって……あ。遊にいさん、どうもお久しぶりです。僕もここにいますけど、さっきまで遊にいさんが話してたのは――紛れもなく、本物の結花ですよ？』

……ＯＫ。分かった。

取りあえず風呂に潜って、死ぬことにしよう。

◆

ふへふへ言ってて話にならない結花は置いといて、俺はひとまず勇海から状況を聞くことにした。

『まずですね。僕が久留実さんにホテルの場所を教えてもらって、結花のところに来たわけです。アポなしで』

「姉妹じゃなかったら、ギリアウトのやり口だぞ、それ……」

『結花は寂しがり屋の子猫ちゃんですからね。きっと一人じゃ寝られないだろうから、僕が添い寝をしてあげようと思いまして』

『寝られるよ！　遊くんと同棲するまで、私が一人暮らししてたの忘れてるでしょ‼』

勇海に向かって、ご立腹な声を上げる結花。

でも、ごめん。俺もちょっと、結花が一人暮らししてたってこと忘れてた。

『そしたら、結花……スマホを家に忘れてきたって言うんですよ。まったくドジなんだから、結花は……やっぱり放っておけない、子猫ちゃんだね？』

『ばーか！』

「それで、勇海のスマホを借りて連絡してきたってわけか……」

冷静を装(よそお)ってみたけど、本当は心の底からホッとしている俺がいた。

出掛けてから一度も連絡がなかったのは、スマホを忘れてたからだったのか。

よかった……結花の身に何もなくて。色んな意味で。

『でも、さっきの嬉(うれ)しかったなぁ……遊くんも、私がいなくて寂しいって、思ってくれてたんだなぁって！　えへへっ♪』

「か……からかうんなら切るよ？」

『はーい、ごめんなさーい、えへー♪』

どっかに飛んでっちゃいそうなくらい、浮かれてる結花。

失敗した……勇海だと思って、めちゃくちゃ恥ずかしいことを言ってしまった……。

『私も、遊くんと会えなくて寂しいなって、落ち込んでたけど……遊くんの声を聞いたら元気出てきた！　あと……こうして電話してると、遠距離恋愛のカップルみたいでドキドキするね？』

電話の向こうから、いつもどおり無邪気すぎる発言をしてくる結花。

そんな風に言われると、こっちまでなんかそわそわしてくるんだってば……相変わらず無自覚な小悪魔なんだから。

『遊くん、倉井くんと遊んでくるって言ってたけど、もうおうちに帰ってる？』

「いや……今日は久しぶりに、マサんちに泊まらせてもらってる。徹夜で『アリステ』やったりアニメ観たりする予定」

『わぁ、楽しそうっ！　いいなー。私も桃ちゃんちで、パジャマパーティーしたいなー』

ごめん。俺とマサのは、パジャマパーティーなんて綺麗なもんじゃないからね？

ただひたすら、男同士で萌え語りしてるだけだからね？


「おーい、遊一ー？　大丈夫かー？」


――なんて、噂をしてたからか。

マサがガラッと洗面所の扉を開けて、磨りガラスの向こうから話し掛けてきた。

慌てすぎてスマホを落としそうになったもんだから、俺は両手でがっちりとキャッチ。

危ねぇ……『アリステ』のデータが死ぬところだった。

「長風呂すぎねーか、遊一？　さっきビビるくらい元気なかったからよ、死んでんじゃねーかって」

「い、生きてるから！　もうすぐ出るから、覗くなよ絶対‼」

「覗かねぇよ!?　ＢＬは守備範囲じゃねぇって言ってんだろ!?」

「と、とにかく向こう行ってろって！　十分以内に出るから!!」

「んだよ、ったく……」

そんな捨てゼリフを残して、マサは洗面所の扉を閉めて出ていった。

ふぅ……焦ったわ、マジで。

「――ごめん、結花。なんかバタバタしちゃって……」

『ゆ、遊くん……せくしー……』

「はい？」

湯船に座り直して、俺はスマホを顔の前に持ってくる。

そこには両手で顔を隠しつつ、指の隙間からちらちら見てくる結花の姿が。

――――ん？　結花の姿が？

「……って!?　なんでビデオ通話になってんの!?　結花、これは立派な覗きだよ!?」

『ち、違うもん！　濡れ衣だってば!!　遊くんがスマホを落としそうになって、気が付いたら……ビデオ通話に切り替わってたんだよ！』

『あははっ！　きっと遊にいさんが、ビデオ通話ボタンを押しちゃったんですね』

画面に映ってないけど、勇海がなんか楽しそうに笑ってやがる。

笑い事じゃないって。今は湯船に入ってるけど、さっきバタバタしてたから……。

「ゆ、結花……見て、ないよね？」

『な、なんのコトでしょー？　わたしはー、かもめー。なーんにも、分かんないー』

「その反応、絶対に見たよね⁉　上半身だけを見た反応じゃないでしょ、それ⁉」

『…………にゃっ♪』

猫語で誤魔化してきた……。

っていうか、なんで結花が照れた感じで、もぞもぞしてんの？

恥ずかしいどころか、死にたいのはこっちの方なんだけど？

そんなどうしようもない状況下で、画面外から——勇海が笑い交じりに言った。

『じゃあ今度は、結花の番だね？　夫婦になるんだから……お互いのすべてをさらけ出して、愛を確かめ合うといいんじゃないかな？』

そのあと勇海は。

俺と結花で、しっちゃかめっちゃかに怒っておいた。

第8話　生意気すぎる妹の誕生日を祝ってくれる人、集まれ

「……ねぇ、結花？」

「なぁに、遊くん？」

「ちょっとトイレに行きたいんだけど……」

「あ、うんっ！　分かった‼」

良い返事をすると、結花はパッと俺から離れた。

腕にはまだ、結花の体温が残ってるけれど。

だって――かれこれ一時間近く、結花はずっと抱きついて離れてくれなかったからね。

というわけで、俺はソファから立ち上がり、トイレに向かう。

「………………」

「ちょこちょこ」

「………………」

「ちょこちょこ」

「……何してんの、結花は？」

「遊くんの後をつけてる！」

犬かな？

「どうして後をつけるの？」

「遊くんと離れたくないからですっ！」

いや。そんな素直に答えられても、反応に困るんだけど……。

どうしたもんかと思いつつ、俺は結花に向かって言った。

「えっとね、結花？　さっきも言ったけど、俺はトイレに行こうとしてるんだよ」

「うん！　だから遊くんがトイレに行くのに、ついてきてるの‼」

「変態かな？」

「なんで⁉　さすがにトイレの中までは入んないよ⁉」

いや、そんな「当然でしょ」みたいな反応されても。

ちょこちょこ言いながらトイレについてきてる人が、どこまで破天荒な行動を取るかなんて、予測不可能だって。

「……にへー」

本気で対応に困っていたら。

今度は嬉しそうに、にへにへ笑いはじめた結花。

なんだろ、この生き物……。

どこに行くにもついてくるし、目が合ったらニコニコ笑ってくるし。新手の座敷童なのかもしれない。

そんな益体もないことを考えつつトイレに入ると、俺はドアを閉めようと――。

「……待ってるからね、遊くん。絶対に……待ってるから」

「いやいや⁉　ただトイレに行くだけで、死亡フラグ立てないで！　なんなの、トイレの水で溺死するの、俺は⁉」

「やーだー！　遊くんが死ぬのは、やーだー‼」

自分で振っといて、自分で駄々をこねはじめた。

駄目だこりゃ。かなりの重症だ……この子。

――こんな感じで。

名古屋公演が終わってから数日、結花のぺったりモードは凄まじいことになってた。

幼児返りかってレベルで、甘え倒してくる結花を見て、俺は思ったね。

財布には痛いけど……北海道公演は、絶対ついていこうって。

そうでもしないと、反動が尋常じゃないから。

◆

そんな駄々甘えモードの結花が、ようやく落ち着いてきたのが――今日。

十二月七日のことだった。

「遊くん。確か今日って、那由ちゃんの誕生日だよね？」

一緒に家を出た制服姿の結花が、ポニーテールを揺らしながら尋ねてきた。

眼鏡を掛けてはいるけど、まだ大通りに出る前なのもあって、家と同じく目を爛々と輝かせている。

「残念だなぁ。もし日本に帰ってきてたら、いっぱいご馳走を用意したのになぁ」

「あいつもまだ学校が休みになってないしね。まぁ、クリスマスには帰ってくるはずだから、そのときにでも祝ってやろうよ」

「んー、でもなぁ。やっぱり誕生日だし、なんとか当日もお祝いしてあげたいんだけどなぁ……むー」

アゴに手を当てながら、何やら思案してる結花。

傍目（はため）から見れば、真面目でお堅い綿苗（わたなえ）さんが考え込んでるように映るんだろうな。

「あ、そうだ！　遊くん、いいこと思いついた‼」

すると結花は、パッと明るい表情になり、俺の服の裾を引っ張ってきた。

そして、キラキラした笑顔を俺に向けて。

「この間の、名古屋の夜みたいに――リモートで誕生日会をしてみようよっ！」

「おっじゃましまーす！」

「おじゃましてくださーい！」

玄関先で結花と仲良さげなやり取りをしてから、我が家に上がる二原（にはら）さん。

いつもはコスプレまがいの特撮作品由来の格好をしてる二原さんだけど、今日は学校帰りなので、制服のまま。

いつも思うんだけど、もうちょっとボタンをちゃんと留めてくれない？

ボタンを多めに外して胸元をゆるっとさせてるもんだから、その大きな胸の谷間が目立つこと、目立つこと。

「……お？　佐方（さかた）、どしたん？　おっぱいが恋しくなったかな？」

「やめてください、ごめんなさい」

「遊くんのばーか！　わ……私のおっぱいで、我慢してよ‼」

「ごめんなさい、全力で謝るから結花はボタンを外すのをやめて⁉」

ちらっと見ただけのつもりだったのに、なぜか大惨事に。

男子の視線って、女子にはバレバレって噂をよく聞くけど、あれマジだったんだな……

気を付けよう。

それから俺は、ソファの上に置きっぱなしにしてたマンガを、自室に持っていく。

急きょ二原さんが来るって決まったから、リビングが散らかってるんだよね……。

「へぇー、すっごーい！　めっちゃ『アリステ』のグッズあるじゃーん‼」

「って⁉　なんで当たり前みたいに部屋まで来てんの、二原さんは⁉」

「いいじゃん、減るもんでもないしさー」

いや、そうは言うけどね？

ポスターとかグッズで溢れてる自分の部屋を、女子に見られるのは抵抗あるって。いくら相手が、人の趣味を馬鹿にしないタイプの二原さんだとは言っても。

「てか、めっちゃゆうなちゃんのグッズあるしー！　すっごー‼」

「ゆうなちゃんは、女神だからね」

ゆうなちゃんの名前が出てきたので、俺は即レスで応える。

「あははー！　意味分かんないけど、なんか分かるー‼　うちも仮面ランナー史上最高に大好きな『仮面ランナー危竜（きりゅう）』のフィギュアとか、めっちゃ飾ってるかんねー。あのシリーズ、仮面ランナーが百八人出てくるって斬新な設定でさぁ……」

するとなぜか、いつの間にか特撮トークに話が変わっちゃう二原さん。

やっぱ二原さんも同類なんだな……マサとの会話あるあるだもん、これ。

「もぉー！　二人とも遊んでないで、準備しようよー‼　那由ちゃんに伝えた時間になっちゃうってばー‼」

そんなオタク会話モードになってた俺たちを、結花が呼びに来た。

ああ、そうだった。早いところリビングのパソコンを、準備しないとね。

そう、これからはじめるのは——那由のリモート誕生日会だ。

◆

結花と二人で寝るようになって以来、リビングに移動させたパソコン。

そんなパソコンを操作してると——画面に、執事服のような格好で髪を一本に結っている、ばっちり男装姿の勇海が映った。

「おー、勇海くんじゃーん！　おっひさー」

『あははっ。お久しぶりです、桃乃さん。相変わらず、太陽のように眩しい美貌ですね……とても綺麗だ』

「ぶっ！　勇海くんこそ、優男キャラ変わんないじゃーん！　めっちゃウケるー‼」

『ウ、ウケる……⁉　ファンのみんなだったら格好良いって、気絶する人すら出るほどなのに……』

取り巻きの皆さんも、まさか爽やかイケメンな勇海が、このメンバーだといじられキャラになるとは思わないだろうな。

勇海と繋がってるこれは、ｗｅｂ会議とかビデオチャットとかに使える、最近だとメジャーなコミュニケーションツール——ＺＵＵＭだ。

那由の誕生日会をしようって言い出した結花は、すぐに二原さんと勇海に声を掛けて、この会を実現させた。

誰かのためってなると、本当に行動が早いよね。結花って。

『それで？　可愛い主役ちゃんは、まだ来てないのかな？』

「いや。ミュートにして潜んでるな……おい、那由。みんな集まってんだから、マイクとビデオをオンにしろって。お前が主役だろ」

『――我が輩はハシビロコウである。名前はまだ、ハシビロコウ』

「名前もハシビロコウなのかよ……っていらないから、そういう戯れ言は！　いいからさっさと登場しろって、那由!!」

『……分かってるし。兄さん、マジうっさい』

ぶつぶつと文句を言いながら、那由はビデオカメラをオンにした。

画面に映し出されたのは――なんか俯きがちで、前髪をやたらと指先で弄ってる那由だった。

「わー、那由っちじゃーん！　元気してるー？」

『ん、ぼちぼち。二原ちゃんも、元気そうだね』

『ふふ……久しぶりに見ても、お人形さんのような可愛さだね、那由ちゃん？　その白く透き通るような肌は、とても美しい』

『勇海こそ、イケメンぶった寒い言動は変わってないし。普通にださい』

『だ、ださっ……!?』

なんか画面の向こうで、無駄に勇海がショックを受けてる。

いや、言いたくなる気持ちは分からんでもないけど。

勇海だってお前のために参加してくれてんだから、見逃してやれって。

「――はいっ！　皆さん、お集まりいただき、ありがとうございまーすっ‼」

言いながら、俺の隣でパンッと手を打ち鳴らして――結花はにっこり笑った。

そして、さっき買ってきたペットボトルのオレンジジュースを手に取って。

「それじゃあこれから、那由ちゃんの誕生日会を、開催しまーす！　皆さん、飲み物の用意はいいですかー？」

『ちょっ……結花ちゃん、大げさすぎだって。別にいいし、そんな気合い入れて盛り上げなくても……』

「いーえ、盛り上げますっ！　めちゃくちゃに盛り上げますとも‼　だって私は――那由ちゃんのことが、大好きなんだもん！」

珍しく恥ずかしがってるっぽい主役を、愛の力で押しのけると。

結花はノリノリで、パソコンのカメラに向かってペットボトルを突き出した。

そして――透き通るような声で、乾杯の音頭（おんど）を取る。

「はい、それじゃあみなさーん！　那由ちゃんの十四歳の誕生日をお祝いしてぇ……かんぱーいっ‼」

「おっけー、かんぱぁい！　那由っち、おめでとー‼」

『那由ちゃんという小鳥がこの世に生まれた奇跡に……杯を捧げるよ』

「ん。那由、誕生日おめでとう」

『…………う』

か細い呻き声みたいなのを発すると、那由は手元にあったコップを、ぐいっと口元に持っていった。

その頬は心なしか、赤く染まってる気がする。

「やっぱ！　可愛いんだけどー‼　那由っちってば、実はめっちゃ喜んでるっしょ？」

『よ、よよよ喜んでなんかないし！　パーティーより、大金もらった方が嬉しいし‼』

『ふふっ、素直じゃないんだから那由ちゃんは。あ、そうだ……僕からのプレゼント、コスプレ衣装なんかどうだい？　いつもボーイッシュなイメージだけど、案外ガーリーな服装も似合うと思うな？』

『うっさい、いらないし！　からかうなっての、爽やかもどき‼』

――――ああ。

　こんなに照れ隠ししてる那由を見るの、いつ以来だろうな。

　相変わらず口はめちゃくちゃ悪いけど、満更でもない顔をしてる妹を見ながら……俺はなんだか頬が緩むのを感じた。

『……兄さん、なに笑ってんの？　馬鹿にすんなし、マジで！』

「馬鹿にしてねーよ。そういや、親父（おやじ）はいないのか？」

『まだ仕事中。結花ちゃんによろしく伝えてって、言ってたわ。そういや』

「お、お義父（とう）さまから!?」

　義理の父からのメッセージに恐縮したのか、ピシッと背筋を正す結花。

　いや、そんなたいそうな相手じゃないよ？　勝手に息子の結婚を決めてくるような、はちゃめちゃな親だし。

『……あ、そだ。結花ちゃん、あんな甲斐性（かいしょう）無しの父親だけど、なんか伝えとく？　ってか、録画して後で見せるわ』

「え!?　ろ、録画って、心の準備が――」

『はい、スタート』

　有無を言わさず開始の合図を出す那由。

　そんな急振りに、結花はあたふたしながら、声を大にして言った。

「お、お義父さま！　いつもお世話になってます、綿苗結花ですっ‼　遊く……遊一さんのおかげで、毎日幸せに過ごさせてもらっております！　遊一さんが大好きです、絶対に幸せにしますので‼」

「待って⁉　とんでもないビデオメッセージ残してるって、分かってる⁉」

恥ずかしさしかないメッセージを届けようとする許嫁を、俺は必死に止めようとする。

そんなカオスに拍車を掛けるように——厄介な義妹まで挨拶をはじめた。

『お義父さま、初めまして。僕は綿苗勇海、結花の妹で——憧れのお義兄さまの、飼い犬とでも申しましょうか』

「ぎゃー⁉　ふざけないでよ勇海ぃ！　飼い犬とか、心証最悪じゃんよぉ⁉」

パーティーそっちのけで、わーわーやりはじめる綿苗姉妹。

思わずため息が漏れてしまう俺の肩に、二原さんはポンッと手を置いて。

「どーも！　うちは二原桃乃、佐方のセカンドお嫁さんってやつでーす！　おっぱいが恋しいとき担当なんでー」

「ぎゃあああああああ⁉　桃ちゃああああああああん‼　ばかなのぉぉぉぉ⁉」

とんでもない爆弾をぶち込んだ二原さんに向かって、結花が絶叫する。

そんな結花の慌てっぷりに、二原さんはけらけらと笑って。

「あははっ！　冗談だってば、結ちゃん？　考えてみなって。那由っちがこういうとき、ガチで録画してると思う？　うちは思わないね」

『お、さすがだね二原ちゃん。ご名答』

「マジで録画してねーのかよ⁉　お前、自分の誕生日会くらい、いたずら仕掛けずに過ごせないの⁉」

『光があれば影があるように……あたしがいるところに、いたずらがあるし』

「もぉぉぉぉ！　那由ちゃんってば、那由ちゃんってばぁ‼」

――と、まぁ。

誕生日会と銘打ったものの、普段どおりな雰囲気になったZUUMでの集まりだけど。

ドッキリに見事引っ掛かった結花を見て、那由は涙が出るほど笑ってたから。

結花のおかげで、良い記念日になったんだろうなって思うんだ。

改めて――誕生日おめでとう、那由。

第9話　俺の許嫁と俺の悪友が会話をしたら、まさかの展開に……？

「おい、遊一！　見てくれよ、これ‼」

昼休み。

自分の席に突っ伏してうたた寝していたら、なんかテンション高めなマサが話し掛けてきた。

何かと思って顔を向けると——マサは不思議な踊りを、踊った！

えーと……素人目に見ても、たいしてうまくないんだけど。なんなの、急に？

「……はぁ、はぁ……見たか、遊一⁉」

「死を悟った、まな板の上の鯉の真似？」

「ちげぇよ馬鹿！　どう考えても、『ゆら革』の『ドリーミング・リボン』の振り付けだったろ‼　ついにマスターしたんだよ……俺はこうしてまた一歩、らんむ様と同質の存在へと近づいたわけだ」

「全宇宙のらんむちゃんファンに謝れよ、お前……」

そんな感じで、いつもどおりのくだらない会話を交わしていたら。

「……楽しそうね」

ふいに、とてつもない圧を感じさせる声が、後ろから聞こえてきた。

振り返ると、そこに立っていたのは――綿苗結花。

長い黒髪をポニーテールに結って。眼鏡を掛けて。

まったく表情を変化させることなく、じっと俺を見下ろしてる……学校結花だった。

「わ、綿苗さん……ど、どうしたの？」

「お……おい、遊一！　お前こそ謝った方がいいやつだろ‼　なんか知らねぇけど、絶対にお前が悪い！」

「なんでだよ⁉　俺は特に、何もした覚え――」

「…………やっぱり、楽しそうね」

さっきまでより、さらに結花の声に力が入ったような気がする。

え、マジで俺……なんかした？

普通に昼飯を食べて、机で半分寝落ちそうになって、その後はマサとしょうもない話をしてただけなんだけど。

っていうかむしろ、下手くそな『ドリーミング・リボン』を踊ったマサの方を糾弾してくれない？

「ねえ、佐方くん……時間ある？」

「え……あ、あるけど……？」

結花の真意が分からなくて、おそるおそる答える俺。

そんな俺に対して、結花は――くいっと、アゴで廊下の方を指すと。

淡々と言った。

「――表に出てくれない？」

そして俺は、結花に言われるがまま……ひとけのない、階段のそばの死角に来た。

「ゆ、遊くんごめんね？　急に呼び出しちゃって……」

「いや、大丈夫……普通にみんな、俺がガチめの叱責を受けると思ってるだろうから」

――表に出ろや。

なんて、つり目がちな学校結花が無表情に言ったら、マジギレしてるとしか思わないからね。

「それで、一体どうしたの？」

「んっとね。この間も言ったとおり、私……もっとクラスのみんなと仲良くなりたいんだ。お堅い綿苗結花のまま、高校生活が終わっちゃうのは……嫌だなぁって」

ああ。その話なら、覚えてるよ。

結花としては、もっとクラスのみんなと話せるようになって――笑顔で高校を卒業したいんだよね。

「そう決心したから、この間だってほとんど絡んだことない女子グループに交ざってたじゃない。結花なりに頑張ってたと思うけど」

「……全然だよぉ」

俺の言葉が地雷だったのか、結花はずーんと沈み込む。

そして、上目遣いにこっちを見て。

「みんなが優しいから、なんとかなったけどさ。あのときの私、明らかに挙動不審だったもん」

「そりゃあ、挙動はかなりおかしかったけど……」

「そういうのを、もっと直したいの。みんなとスムーズにお話しできるように……だから！　遊くんに手伝ってもらって、倉井くんと話してみようって思ったんだ‼」

――はい？

よりによって、なんでマサに白羽の矢が立ったの？

「ほら、倉井くんって遊くんといつもお喋りしてるじゃん？　そんな学校での遊くんを、私は『可愛いなぁ』『笑顔が格好いいなぁ』『好きー』って思いながら、一日に何百回も見てるじゃん？」

「ちょっと待って。そんな前提条件、知らないんだけど？」

「そんな感じで、遊くんをいーっぱい見てるから――倉井くんが遊くんと、どんな感じで話してるかは分かるんだ。それに、修学旅行も同じ班だったし……他のクラスメートよりは、喋りやすいんじゃないかなぁって！」

……それはどうかなぁ？

ちゃんと理由を説明されても、まったく腑に落ちやしない。

とはいえ、結花のことだ。一回そう決めたからには、止めたって無駄だろうしな。

「まぁ、うまくいくか分かんないけど……そんなに言うんなら、俺と結花とマサで、雑談でもしてみる？　俺と結花の関係がバレないくらいのレベルで、だけど」

「うんっ！　やってみよう！　よーっし、倉井くんとのお喋り――頑張るぞぉ‼」

やたらと張りきってる結花だけど。

なんとなーく……嫌な予感がしてならない。

◆

「――⁉　ゆ、遊一……大丈夫か？」

俺と結花が並んで教室に帰ってきたのを見て……マサは目を見開き、息を呑んだ。

「わ、綿苗さん……なんか遊一が、迷惑を掛けたんだよな？　すまん！　友人として、俺も頭を下げるからさ――どうか命だけは、助けてやってくれ‼」

いくらなんでも大げさすぎんだろ。

綿苗結花をヒットマンか何かだと思ってんのか、こいつは。

そんなマサのビビりように困惑したのか、結花は眉をひそめる。

「……そんなことをされても、困るわ」

「頭を下げたくらいじゃ、見逃してもらえねぇってことか⁉　ちくしょう……どうやったら俺は、この運命を変えられるんだ……⁉」

「マサ、落ち着け。死なないから。運命を変えるためのタイムリープとか、そういうのいらないから。マジで」

こういうとき、二原さんのアシストがあれば話をうまく運べるんだろうけど――あいにく教室に、二原さんの姿はない。

ってことは、このどうしようもない状態を俺一人で処理しないといけないのか……難易度が高すぎる。

「あ、あのなマサ？　綿苗さんは別に、俺を殺傷する目的で呼び出したんじゃなくって……修学旅行！　修学旅行のとき俺が貸した小銭を、返してくれてたんだよ‼」

「え……ここで返せばよくねぇか？　なんでわざわざ、廊下まで呼び出されたの？」

ごもっともすぎる。

超高速で墓穴を掘ってしまったわけだけど……ここからどう挽回すればいいのか。

教えて、陽キャなギャル。

「く、倉井くん……っ！　修学旅行、楽しかったわね‼」

そんな窮地の中で、結花が力業を使った。

相手の疑問を強引にねじ伏せ、雑談に持っていくスタイル。

脈絡のない会話の流れに首をかしげつつ、マサはおそるおそる応えた。

「お、おう？　楽しかったぜ？　アニメの聖地も見れたしな！　綿苗さんは、どこが一番楽しかったんだ？」

「はい。私が楽しかったのは、海です」

「そ、そうか……俺は海、行けなかったからなぁ。何やったんだ、海で？」

「はい。海に入って、水遊びをしました」

「……そ、そうか」

アレ○サかな⁉

コンピューターもびっくりの機械的な受け答えに、思わず頭を抱えたくなる。

どうにかフォローしないと……頑張れ、俺！

「そういや、マサ。お前、なんかお土産とか買って帰ったのか？　き、気になるよね、綿苗さん！」

「え、ええ！　もちろん気になるわ‼　一体、何を買ったのかしら？　さぁ、正直に教えて倉井くん？　どんなもの？　なんでもかまわないから。さぁ……っ！」

「ひぃぃぃぃ……‼」

あまりの詰め寄り具合に、マサが悲鳴を上げた。

まぁ、そうだよねー。今のは怖いよねー。

結花的には、会話を絶対に続けてみせるって、気合いを入れすぎた感じだったんだろうけど。

「ちょっ、ちょっとこっち来い！　遊一‼」

さすがのマサも、このカオスな状況に危機感を覚えたらしい。

俺の肩に手を掛けて、強引に教室の隅まで連行するマサ。

「……なぁ、遊一？　なんか綿苗さん、変じゃねぇか？」

「そ、そう？　いつもあんな感じじゃない？」

「んなわけねーだろ！　普段はあんまり喋んない綿苗さんなのに……今日はやたら話し掛けてきてんじゃねーか。しかも、無理に作ったような話題で」

勘がいいなマサ。まさに、無理に作った話題だよ。

もうこの作戦、中止した方がいいよな……このままだと結花、クラスで友達を増やすどころか、やばい人って噂が立ちそうだし。

そんなことをぼんやり考えていると。

マサが――深くため息を吐いて、言った。

「参ったな……分かっちまったよ。これって、俺に気があるってことだよな？」

「は？」

あまりのたわ言に、俺は素っ頓狂な声を出してしまう。

だけど、そんなことなんて意にも介さず、マサは続ける。

「普段はあんまり人と喋らない性格の私……でも倉井くんのことを考えると、夜も眠れないの。この気持ち……ひょっとして恋？　どうしよう、ドキドキが止まんない……っ！」

「なんだよ、急に裏声使って⁉」

「よーし、思いきって倉井くんに話し掛けちゃうぞ！　……って、口下手だからうまく話せないよぉ。本当はただ——倉井くんに、好きって言いたいだけなのに！」

裏声で妄想劇場を繰り広げるマサ。

控えめに言って、気持ち悪い。

「——なんか、ゆうな姫っぽいエピソードじゃね？　いや、実に良いシチュエーションだと思うんだけどよ……俺にはらんむ様っていう、心に決めた人がいるからさ」

調子に乗ってるマサを見てたら、なんか分かんないけど……ムカムカしてきた。

「なぁ、遊一……綿苗さんを傷つけずに断るには、どうしたらいいと思う？」

「……知らね」

「ん？　なんでお前、そんなに不機嫌になってんだよ？」

「……別に」

「ひぃ⁉　綿苗さんみたいな、氷の対応⁉」

——我ながら、理不尽だってのは分かってる。

マサがそう解釈したくなる気持ちも、まぁ分からんでもない。

だけど。申し訳ないけど。

「結花がマサに気がある」って勘違いを延々と聞かされるのは——なんだか、我慢できなかったんだよ。

◆

「やっば！　倉井、勘違いに決まってるっしょ。うちが女目線で教えたげる……綿苗さんが倉井に気があるとか、ぜーったいにありえない！　絶対。これはガチ。ピエロ。勘違い。今すぐ考えを改めた方がいいって。すぐに。速攻。ほんと。絶対だかんね」

「…………………おう」

もうすぐ授業ってところで、それぞれの席に戻ったあと。

事情を聞いた二原さんから、「脈なし」という事実を尋常じゃないくらい叩きつけられたマサは……がっくしとうな垂れた。万事解決。

「ありがとう、二原さん……本気で助かったよ」

「なぁに、いいってことよ。つか、佐方ってば倉井に嫉妬したん？　ウケるわー。結ちゃんが佐方以外になびくとか、天地がひっくり返ってもありえないっしょ」

「いや、それは分かってるんだけど。それでもなんか……嫌だったんだよ」

「あははっ！　いいじゃーん。それ絶対、結ちゃんが喜ぶやつだわー」

どこに喜ぶ要素があるんだよ。

なんて思ってると——いつの間にか結花から、ＲＩＮＥが届いてることに気付いた。

机の下にスマホを隠しつつ、俺は結花からのＲＩＮＥメッセージを開いた。

そこには……まさに二原さんが言ったとおりのことが、書かれてたんだ。

『えへへー。焼きもちさんな遊くん、可愛くって嬉しかったなぁー。でも……私が遊くん以外を好きになるとか、ないに決まってるじゃんよー。遊くんの、ばーか♪』

第10話【北海道】俺と許嫁（いいなずけ）、北へ【Part1】

ダウンジャケットのポケットに手を突っ込んで、俺は雪深い街並みを見ていた。

吐き出した息が、尋常じゃなく白い。

あと、めちゃくちゃ寒い。

「……もっと厚着した方がよかったかも」

風が冷たすぎて、いっそ痛いようにすら感じる。

やっぱり関東とは寒さのレベルが違うな……。

そう――ここは、十二月中旬の北海道。

外の気温が氷点下になるくらいの、極寒の場所だ。

「あ、遊（ゆう）くんだ！　遊くーんっ‼」

寒さのあまり身体（からだ）を震わせてると、俺を呼ぶ声が聞こえてきた。

顔を上げた先には――やたらと一生懸命に手を振ってる、女の子の姿が。

「ゆーうーくーんー‼」

「ちょっと結花⁉　そんな大きな声、出さないの！　外だよ、外‼」

「いいじゃんよー。なんてったって、北海道！　知り合いに見つかる心配なんか、ないもんねーだっ」

声を弾ませて、小犬のように駆け寄ってきたのは——俺の許嫁・綿苗結花。

黒髪をおろして眼鏡を外した、家モードの結花だ。

ピンクのブラウスの上に、白い厚手のコートを羽織った結花は、ふにゃっと笑いながら俺の腕に抱きついてきた。

「ふへへー♪　遊くんと、北海道デートー♪」

「だから、そんなにくっつかないの。目立っちゃうってば」

「いーやーでーす！　普段と違って、知り合いの目を気にしなくていい絶好のチャンスなんだよ？　こんなの——くっつかないと、バチが当たるよ‼」

「嫌だな、くっつかないと天罰を下す神様！」

「……あのさぁ。二人とも、完全にわたしがいることを忘れてるわよね？」

示し合わせたように、俺と結花はパッと身を離した。

そんな様子をジト目で見ながら。

和泉ゆうなのマネージャー・鉢川さんは、深すぎるため息を吐いた。

「……いや、いいんだよ？　大人だからね、気にしないけどね？　……初々しい高校生のいちゃつきを見せつけられると、心が凍死しそうだわ」

鉢川さん。目が死んでる、死んでる。

っていうかそれ、マネージャーとしてじゃなく、鉢川久留実のコメントですよね？

――『ゆらゆら★革命』のインストアライブin北海道。

四度目になるライブのために、結花は再び一泊二日で出掛けることになった。

だけど……名古屋のときとは違い、今回は鉢川さんからこんな提案を受けたんだ。

「遊一くん。もしよかったら、なんだけど……ホテルを二部屋、手配するから。遊一くんも北海道に来ないかな？」

「え？　で、でもそれって、経費じゃ落ちないですよね？」

「……わたしから二人への、クリスマスプレゼントってことで」

「なんで⁉　申し訳なさすぎるから、それは遠慮しますって‼」

「いや、いいのよ……お金よりも、遊一くんが来てくれることの方が、大切だから」

押し問答の結果――最終的には鉢川さんが飛行機やホテルの予約をして、俺が後から支払うって形に落ち着いた。

あ。ちなみに今回のインストアライブだけど。

俺は当然――参加しない。

だって俺が抽選で当たってるのは、最後の東京公演だけだからね。

沖縄公演のときは紫ノ宮らんむの言葉に甘えて、参加させてもらったけど……そんなＶＩＰ待遇、何度も受けるわけにはいかない。

だって俺は、結花の許嫁である前に――『恋する死神』だから。

全宇宙のゆうなちゃんファンの一人として、正々堂々と……ゆうなちゃんのことを、推し続けたいから。

――とまぁ、そんなこんなで。

俺はこうして、インストアライブ終わりの二人と、待ち合わせることになったわけだ。

財布的には痛手だけど……名古屋公演後の凄まじい甘えっ子モード結花の再来を思えば、ついてきた方が断然いい。

あのときはマジで、トイレすら落ち着いて行けなかったからな。

それに……クリスマス間近の北海道なんてシチュエーション、なかなか味わえるものじゃないし。

一緒に過ごせたら結花が喜ぶかなって――そんな考えがよぎったのもある。

「それじゃあ二人とも、ゆっくり楽しんできてね。らんむは違うホテルに泊まってるし、鉢合わせする心配もないから。のんびりできるといいわね」

「はい、楽しんできます！　久留実さん……色々とお気遣いしてくださって、本当に本当に、ありがとうございますっ‼」

優しい言葉を掛けてくれた鉢川さんに、結花は深くおじぎをした。

そんな結花に対して、鉢川さんは苦笑交じりに応える。

「いいの、そんなこと気にしないで。わたしはいつだって、マネージャーとしてじゃなく鉢川久留実として――ゆうなに幸せになってほしいって、思ってるもの。だからこれくらいのお膳立て、たいしたことじゃないわよ」

「俺からもお礼を言わせてください。ライブの準備だけでも大変なはずなのに……本当にありがとうございました」

「……もぉ、遊一くんまで。そんなにかしこまらないでってば」

鉢川さんはそう言うと。

ふぅっと……かなり大きめのため息を漏らした。

「大丈夫だってば――名古屋のときみたいになるくらいなら、こっちの方が楽だもの」

…………ん？

名古屋のときみたい、とは？

疑問符が頭に浮かぶ中、鉢川さんはぼやくように続ける。

「行きの新幹線では、ずーんって落ち込んでるし。らんむがいないときは『遊くんがしゅき……いないと死んじゃう……』って、相談なのか惚気なのか分かんないことを何度も言うし。かと思えば、帰りの新幹線ではやたらハイテンションで絡んでくるし――今回の方が、全然マシだから。本当に」

「うにゃあぁぁぁ……久留実さん、ごめんなさいぃぃぃぃぃ……」

遠い目をしてる鉢川さんと、反省の悲鳴を上げる結花。

なるほど。俺と結花の応援をしたいってだけじゃなく……名古屋のときの結花がひどすぎたっていうのも、理由だったんですね？

えっと……マジでいつもごめんなさい。鉢川さん。

◆

「ん～っ！　このラーメン、おいし～っ！」

二人で話し合って、取りあえずお腹を満たそうってことになり。

俺たちは地元で有名らしいラーメン屋に入ると、カウンター席に並んで座った。

「やっぱり本場の北海道ラーメンって、全然違うねー。おいしいねー‼」

「そうだね。外が寒かった分、身体が温まっていく……」

「ねー‼」

無邪気な声を上げながら——結花は髪の毛を、耳にかけた。

声のトーンと色っぽい仕草のギャップに、思わずドキッとしてしまう俺。

恐るべし、ラーメンの魔力。

「ふはぁ、おいしかったな～♪」

そうして満腹になった俺と結花は、お店を出た。

北海道の歓楽街は夜でも賑わっていて、なんとなく気分が上がってくるな。

「そういえば、二人っきりで旅行って初めてだねっ！」

隣を歩いてる結花が、キラキラした瞳でこちらを見てくる。

旅行でテンション上がってる幼児さんみたい。

「確かに。修学旅行は二人っきりなわけじゃないし、普段出掛けるときはここまで遠出しないもんね」

「そう！　だからこの旅は――私と遊くんの、大切な記念日。もー、胸のキュンキュンが止まんないよー‼」

喋り方までちっちゃい子みたいになった結花は、ぶんぶんと嬉しそうに両腕を振りはじめる。

思った以上にはしゃいでるなぁ、結花は。

そんなに楽しそうにされたら――こっちまでつられて笑っちゃうよ。本当に。

「久留実さんっ♪　ありがとうっ♪　私はー、とってもー、楽しいでーすー♪」

「そんなに喜んでもらえるんだったら、ついてきてよかったよ。名古屋のときは、出掛ける前から泣きそうだったもんね」

「そりゃあそうだよー。だって、名古屋には遊くんがいないんだもん。家を出るときに遊くんがいて、名古屋に着いても遊くんがいたら、寂しくならなかったと思うけど」

「俺が二人いることになってない、それ？」

「色んな観光スポットに、ご当地遊くん！　名古屋だったら、しゃちほこ遊くんでしょー。北海道だったら、マリモ遊くんかなー。大阪だったらー……」

まったく購買意欲をそそられないな、ご当地俺。

そういうのはハローって挨拶してる猫様に任せとこうよ……。

あ——でも。

ご当地ゆうなちゃん、だったとしたら？

しゃちほこのポーズで笑ってるゆうなちゃん。

マリモの着ぐるみを頭にかぶったゆうなちゃん。

たこ焼きを頬張ってる、食い倒れ人形っぽいゆうなちゃん。

…………ありよりのあり、だな。

なんてこった。俺は今、神商品を思いついてしまったのかもしれない……っ‼

「ど、どうしたの遊くん？　ぷるぷる震えてるよ？」

「……ゆうなちゃんがいっぱいだ……」

「ゆうながいっぱい⁉　寒すぎて幻覚が見えちゃってない、遊くん⁉」

——そんないつもどおりの、他愛ない掛け合いをしていたら。

ぴちょんと、鼻先に冷たい粒のようなものが当たったのを感じた。

「あー！　遊くん、見て見て‼　雪！　雪が降ってきちゃった‼」

叫ぶように言って、結花は俺の服の裾をぐいーっと引っ張ってきた。

顔を上げると——さっきまでの晴れ模様が嘘みたいに、白い雪が降りはじめている。

「いきなり雪が強くなってきたね。さすが北海道」

「……うん」

「こんなに降ったら、明日にはもっと雪が深く積もってそう——って、なんで怒ってんの結花⁉」

「……怒ってないもん。ぷっくりしてるだけだもん」

頬を膨らませたまま、「ぶーー」って声を出す結花。

巷ではそれを、怒ってるって言うんですけど。

なんでご機嫌斜めなんだろ……と思ってたら、結花がぽつりと呟いた。

「……雪が降るのは、クリスマスが良かったのになぁ。早く降りすぎ……」

——ホワイトクリスマスだったら最高なんだけどなぁ。

俺と過ごす初めてのクリスマスへの期待を、そんな風に話してたっけ。

「クリスマス当日に降るかどうかは、別にこの雪と関係なくない？」

「関係あるよー。あんまりたくさん降っちゃったら、クリスマスに日本の雪が足りなくなっちゃうかもでしょー……あうぅ」

「……分かってて言ってるって信じてるけど。空には雪をストックする機能とか、ないからね？」

唇を尖らせてる結花に、念のため伝えておく。

勉強ができないわけじゃないけど、こういうときの結花は、頭がファンタジーになるからなぁ……本気で言ってないとも言いきれないのが、恐ろしいところだ。

「──あっ。見て見て、遊くん！　あそこにクリスマスツリーがあるよっ‼」

すると今度は、さっきまで唇を尖らせていたのが嘘だったように……ぱぁっと明るい表情に変わる結花。

その視線の先にあるのは──イルミネーションを施された、キラキラ輝く大きなクリスマスツリーだった。

「わぁ……なんだか夢みたいだなぁ……」

うっとりとした顔で呟く結花。

結花の長くて艶やかな髪が、少し強くなってきた夜風になびく。

その白い肌をかすめるように、大粒になってきた雪が吹き抜けていく。

そんな、雪降る夜に微笑む結花の姿は、驚くほどに幻想的で。

――思わず俺は、目を奪われてしまった。

「……ちらっ」

「わっ⁉」

そんな俺の視線に気付いたのか……結花は自分で「ちらっ」と声に出しながら、俺の方に顔を向けた。

「ねぇ遊くん。ひょっとして今……私に見とれてくれてた？」

「し、知らないな？　なんのことだか……」

「嘘だっ！　ぜーったいに今、私のこと見てたじゃんよぉ！　正直に教えてよー、聞きたいよー‼」

俺の腕に絡みついて、ぶんぶんと揺すってくる結花。

その表情が、まるでゆうなちゃんみたいな――とびっきりの笑顔だったもんだから。

とても直視していられなくなって、俺は思いっきり顔を背けた。

「あー、ひどいよー。ゆうくーん、もっと私を見てー♪　ずーっと見つめててー♪」

「……って、楽しんでるでしょ⁉　変な歌を歌わないの！」

「えへへ……だって、嬉しいんだもん。遊くんと、素敵な夜を過ごせて」

無自覚にそういう、キラーフレーズみたいなのを言っちゃうんだから。

厄介な小悪魔だよ――うちの許嫁は。


雪が一気に勢いを増して、目の前を吹き抜けていく。

そんな真っ白な雪に包まれて、クリスマスツリーを彩るイルミネーションが七色に輝いている。


……なんだか今年の十二月は幸先がいいな、なんて思いつつ。

俺は結花と顔を見合わせて、笑ったんだ。

第11話　【北海道】俺と許嫁、ホテルへ……？【Part2】

ダウンジャケットのポケットに手を突っ込んで、俺はガタガタと身体を震わせた。

吐き出した息が、もう見えない。

あと、寒すぎて死にそう。

「遊くん……私、もうだめかも……」

「結花、気をしっかり持って！　寝たら死ぬよ⁉」

白い厚手のコートをギュッと胸元に寄せたまま、結花は俺にくっついてガチガチと歯を鳴らしてる。

雪山で遭難したときくらい、大ピンチに陥ってる俺たちin北海道。

ついさっきまで、雪とイルミネーションに彩られたクリスマスツリーを眺めていたなんて、嘘みたいだ。

今はもう――完全なる猛吹雪。

数メートル先も見えないほどに、大粒の雪が吹き荒んでいる。

「遊くん、疲れたよね……私も疲れたんだ……」

「だから、死亡フラグを立てないの！　あーもぉ、前が見えない‼」

足もとに積もってる雪が、どんどん深くなってきて、歩きづらい。

やばい……とてもじゃないけど、ホテルまで戻れる気がしない。

あまりの寒さに、結花はボーッとしてきてるし……このままじゃ、本気でまずいな。

「……あ」

そのとき、奇跡が起きたのです。

命すら危ぶまれた俺たちの前に——小さなホテルが！

「結花、ホテルだよ！　鉢川(はちかわ)さんが予約してくれたのに申し訳ないけど、ひとまずここに泊まろう‼」

「…………ふぇ～」

駄目だ、結花の思考が回んなくなってきてる！

というわけで。

俺と結花は、奇跡的に巡りあったそのホテルに——泊まることにした。

……泊まることにした、んだけど。

バタバタと部屋に入ってから、俺は愕然とした。

ピンク色の壁。ダブルベッドに置かれたハート型の枕。シャンデリアみたいな形の薄暗い照明。

思ってたホテルと違う。

なんか全体的に、いかがわしい感じがする。

ひょっとして、なんだけど。生まれてこのかた、来たことないけど。

ここって普通のホテルじゃなくって…………ラブホテル、なのでは？

「ふへぇ、疲れたぁ……」

血の気が引いていく俺とは対照的に、結花はホッとした顔でベッドにダイブ！

そしてハート型の枕を抱きしめると、ころころしはじめた。

……なぜだろう。見ちゃいけないものを見てる気分になる。

そんな俺の気も知らず、結花は満面の笑みを浮かべると。

「ありがとね、遊くん。遊くんがこのホテル見つけてくれなかったら、凍死しちゃってたかもだったよー」

「う、うん……と、取りあえず、先にシャワー浴びてきなよ？　風邪引いちゃうから」

「はーい。遊くんも早く入った方がいいから、さっと浴びてくるねっ！」

呑気にそう言うと——結花はテーブルに置いてあったバスローブを持って、お風呂場に消えていった。

と、同時に……俺は頭を抱えて、さっきの自分の発言を思い返す。

——「先にシャワー浴びてきなよ」って言ったか、俺⁉

なぜ俺は、あんなセリフを……ここはラブホテルだぞ？

どう考えたって、そんなの——イケないフラグを立ててんじゃん。

「いや、まだ慌てるような時間じゃない……落ち着け、遊一、落ち着け……」

ゴンゴンと壁に頭を打ち付けながら。悶々とする気持ちを物理的に消しながら。

俺は——脳細胞をトップギアに上げる。

「……さっきの結花、ここがラブホテルだって気付いてない感じだったよな？　そうだよ、ひょっとしたら結花……ラブホテルなんて存在、知らないのかも。それならこのまま、普通のホテルに泊まった感じで振る舞って、普通に雪がやんだら帰れば……」

「えっと……遊くん……」

「わっ⁉」

めちゃくちゃ独り言を喋ってたら、いつの間にかシャワーを終えたらしい結花が目の前に立っていた。

反射的に結花から飛び退く俺。

――風呂上がりの結花は、純白のバスローブを纏っていた。

タオルで拭いてる最中の髪の毛は、濡れそぼって鎖骨あたりに張りついていて。

思いのほか大きく開いた胸元からは、谷間が覗いてる。

控えめに言って………俺の何かが爆発しそうなほど、蠱惑的な格好の結花だった。

「……遊くんも、シャワー浴びてきた方がいいよ……？」

タオルで口元を隠しながら、結花は上目遣いで言う。

結花の耳は、シャワーで温まったせいなのかなんなのか……見たことがないほど赤く染まってる。

「う、うん！　風邪引かないように、入ってくるよ！　それから、普通に泊まって、普通に寝よう‼　いやぁ、普通だなぁ！　とっても普通の――」

「……らぶほてる」

ぽそっと呟いた結花の声が――キーンってなるくらい、頭の中に響き渡った。

もはやフリーズしちゃって何も言えなくなった俺に……結花は続けて言う。

「……うにゅ。勘違いしないでね？　マンガとかで見たことあるだけで……初めて来たんだからね？　……らぶほてる」

――こうして。

俺と結花の、ラブホテルの夜がはじまった。

◆

「ねぇねぇ、遊くん！　見て見て、ゲーム機が置いてあるんだよ‼　あと、カラオケもあるみたい！」

シャワーを浴び、バスローブに着替えて……心停止しそうなほど緊張しながら部屋に戻ったら。

結花はベッドの上で脚をバタバタさせて、めちゃくちゃくつろいでいた。

お風呂上がりの蠱惑的な雰囲気はどこへやら。

無邪気で天然さんな、いつもの結花になっている。

「ねー、このゲーム知ってる？　実家にいた頃、よく勇海とやってたんだー」

「ああ。俺も那由とやってた……あいつが嫌がらせ系のカードを使ったり、貧乏になるよう仕向けてきたりして、毎回俺が破産させられてたけど」

那由がエグい戦法ばっかり使ってくるから、リアルファイトになりかけたことが何度あったことか。

今となっても、全然いい想い出じゃねぇ。

「…………!?」

ゲームソフトを持ったまま、ごろんと仰向けになった結花は——胸元が大変なことになっていた。

具体的に言うと、バスローブが緩んで、谷間が深くまで見えてるっていうか。

ブラを外してるみたいで、ぷにょって柔らかそうというか。

「……ねぇ、遊くん」

「はい、ごめんなさい！」

急に声のトーンを落として話し掛けられたもんだから、俺はカーペットの上で正座して、ぐいっと下を向いた。

悪いとは思ってるけど、どうか許してほしい。

だって、見えそうな胸があったら見ちゃうのは——男の本能だから。絶対に、俺だけじゃないはずだから。

「え……あれ？　遊くん、なんで正座してるの？」

「え？　いや、だって結花が怒ってると思ったから……」

「私が？　なんにも怒ってないよ？　むしろ——こっちの方こそ、遊くんが引いてないかなって、心配で……」

「……ん？　引くって、何に？」

どうも会話が噛み合ってない気がする。

俺は正座の体勢のまま、ゆっくりと顔を上げる。

すると結花は、ハート型の枕にぽふっと顔を埋めて……言った。

「……だって、えっちな言葉を使っちゃったもん。らぶほにゃにゃって……」

「らぶほにゃにゃ⁉　さっきまで普通に、ラブホテルって呼んでたよね⁉」

「……ほら。引いてるじゃんよ」

枕で顔を隠したまま、肩を落とす結花。

気にしてるのか。乙女心は難しいな。

「別に引いてないって。ちょいエロ系のラブコメマンガとかだと、たまに出てくるし」

「男の子同士できゃっきゃする作品とかにもね」

「えっと……なんで自分から、BでLなマンガで知ったって自白したの？」

枕に顔を埋めたまま、頭を抱える結花。

顔だけ枕にめり込ませてる。器用だな。

「ちなみに遊くんは……らぶほへほ、来たことあったんですかー？」

「ないよ⁉　なんの確認をしてんの⁉」

「んーん。なかったらいいなぁって、思っただけでーす……他意はないでーす……ふへ」

最後になんか、嬉しそうな声が聞こえた。

いつも家で話してるときと、そんなに変わらないやり取り。

なんだけど……場所が場所なだけに、絶妙に気まずい。

そんな気持ちを誤魔化すように、俺は立ち上がると。

結花と目が合わないよう、身体を横に向けた。


――――すると。

テーブルの上に、なんか小さな正方形の袋があることに気が付く。

「……げっ⁉」

「げ？」

つい反応してしまった俺を見て、結花がひょいっと枕から顔を上げた。

俺は慌てて、『正方形の袋』を隠すように結花の前に移動する。

「……遊くん、なんか隠したよね？」

「気のせいじゃない？」

「じゃあ、後ろ見せてよー」

いや、それはちょっと。

だって、この『正方形の袋』――絶対にゴム製の『あれ』なんだもの。

男女がいたすときに使うと言われてる、伝説のゴム。

都市伝説かとすら思ってた。だって実物、見たことなかったから。

「……やっぱり遊くん、らぶほけきょに慣れてるんだ。だから、なんだかよく分かんないけど、こそこそしてるんでしょ」

「ウグイスかな……違うってば。初めてだよ、初めて」

「じゃあ、後ろ見ーせて」

「……ふむ」

「ふむ、じゃないよ⁉　うえーん！　遊くんが高校生なのに手慣れてるー‼」

「風評被害も甚だしいな！　……分かったよ、ちょっと待って」

ここまで食い下がられたら、やむを得ない。

俺は――後ろ手にさっと『袋』を摘まんでから。

そのまま姿勢を変えて、ベッドに腰をおろした。

我ながら、素晴らしい手さばき。

あとは手に持ってるこれを、どこか結花の見えないところに――。


「……なんか手に隠したでしょ？　遊くんの、ばーか」


普通にバレてた。

その上、こそこそしてる俺の態度がお気に召さなかったのか……結花はぷっくりと頬を膨らませて。

「もう、こうなったら――強硬手段だもんねーだっ！」

「ちょっ、結花⁉　待って待って、そんな強引に来られたら……」

こちらが言い終わるよりも先に、結花が俺の身体に抱きついてきたもんだから。

バランスを崩した俺は、結花に押し倒されるようにして——バタンッとベッドに倒れ込んだ。

そして、俺の上で四つん這いになった結花は……ベッドに落としてしまった『あれ』を、ひょいと摘まみ上げた。

「……なぁに、これ？　スナック菓子についてる、おまけのシールとか？」

「ラブホにあるわけないでしょ、おまけのシールなんて‼　ゴムだよ、ゴム！」

「ゴムゴム？　…………え？　ゴ、ゴゴゴゴゴ……ゴム⁉」

やけくそになった俺が真実を伝えると、結花の顔はみるみる真っ赤になっていって。

ゴムを手にしたまま——俺に覆い被さるように、ギューッと抱きついてきた。

「ちょっ⁉　なんでそうなるの⁉　まだ俺も、心の準備が……」

「そ、そうじゃないもんっ！　うにゃあああ！　恥ずかしくって、顔を合わせらんないよぉぉぉぉぉぉ‼」

——カチッ。

「きゃっ⁉」

「え？」

俺を抱きしめたまま、結花がじたばたしていたら……室内の照明が、突然落ちた。

多分さっき、結花が暴れた拍子に、照明のスイッチに当たっちゃったんだと思うけど

――暗いところが苦手な結花は、ますます強く俺に抱きついてくる。

旅先のラブホテルで。

許嫁同士の男女が、バスローブ姿で抱き合ったまま。

照明を消して、ベッドの上で横になっている。

――首筋にかかる、結花の吐息。

そして――鼻孔をくすぐる、結花の甘い匂い。

そんな、理性が丸ごとぶっ壊されそうな状態で。

北海道の夜は――――さらに更けていく。

第12話　【北海道】俺と許嫁、夜更けに……【Part3】

灯りの消えた、シャンデリアの下。

ベッドの上で横になり、抱き合った状態のまま。

俺と結花は——しばし無言の時間を過ごしていた。

「…………」

こうなったのは、色んなことが重なっての事故みたいなものだけど。

ラブホなんてピンク色の空間にいるもんだから——めちゃくちゃ気まずい。

心臓がバクバク鳴ってるのが、自分でも分かるくらい。

このまま心臓が爆発しても、全然驚かないわ。マジで。

「…………」

「…………」

で、でも？

パッと見て、ゴムのことが分かんなかった結花だしね！

許嫁同士がラブホで夜を過ごすなんていう、同人誌みたいなシチュエーションだとしても、きっと何も起こんないはず――。

「……那由ちゃんがね？　いっつも……子作りとか、言ってるじゃん？」


静寂に包まれた暗闇の中。

結花が凄まじい角度から口火を切った。

「い、言ってるけど……それが、どうかしたの？」

「えっと……勇海の言うとおりみたいで、ちょっと悔しいけどね。私って遊くん以外と付き合ったことないから、こういうときにどうしたら遊くんが喜んでくれるのか、分かんなくって――子どもっぽくて、ごめんね？」

か細い声でそう言って、ぺこりと頭を下げる結花。

そんなの……全然気にしなくていいのに。

今のままの結花と一緒にいるだけで、毎日楽しく過ごせてるんだから。

「結花、そんな顔しないでよ。どんな結花だって、俺は――」

「――だ、だからねっ！　合ってるか分かんないけど、私……頑張るから‼」

なんか突然、流れが変わったなって、思った途端。

結花は俺を抱き締めたまま、体勢を変えはじめた。

――――その結果。

結花がごろんと、ベッドに仰向けになり。

俺が結花の上で、四つん這いになってるという。

…………誰がどう見てもアウトな状況が、完成した。

「ゆ、ゆゆゆゆ……結花⁉」

「あ、あれ？　喜んでない？　まだ足りないのかな……よしっ！」

まともに頭が回んない俺の下で、結花はなんか気合いを入れたかと思うと。

バスローブから覗くほっそりした脚を、ゆっくりと俺の背中に回して。

――――最終的に、俺を両脚でホールドした体勢になった。

「こ、こーだっけ？　ち、違ってたらごめんね？　えっと……だ、だいしゅき……？」

「やめて⁉　どこでそんな悪い知識を学んだの⁉」

「ふぇ⁉　お、怒られた⁉　じゃ、じゃあ……こうかな⁉」

両脚をおろすと、今度はぐるんと上下入れ替わり、結花が俺に馬乗りした体勢になる。

そして、結花は耳元に顔を寄せて――。

「……だーいすき。えへへっ……好き」

「待って、待ってお願い！　おかしくなっちゃうから‼　なんでどうして、こんな精神攻撃を繰り出してきてんの⁉」

「……遊くんに、好きって言いたかったんだもん」

殺し文句とは、まさにこのこと。

今ので多分、俺の脳細胞の何割かは壊死（えし）してるからね？

「私ね……遊くんのことが、本当に大好きなの。初めて好きになった人と、いっつも一緒にいられて――本当に、幸せなんだぁ」

脳がぶっ壊れつつある俺に向かって。

結花はまるで、ハンマーで頭をかち割るかのごとく――とどめの言葉を放った。

「だから……マンガとかでしか知らないし、初めてだからちょっと怖いけど……もしも遊くんが、私とそういうこと、したいって思ってくれてるんなら…………いいよ？」

――いいよ、だと？

え？　それって……そういうこと？

熱くなってきた自分の頬に触れる。

なんかくらくらしてきた……何これ、現実？

ひょっとして猛吹雪で死にそうになって、幻を見てるとかじゃない？

「えいっ」

「ひぃっ⁉」

勢いよく上体を起こす結花。

そして俺の手を取ると――バスローブ越しにむにゅっと、自分の胸に押し当てた。

この世のものとは思えないほど、柔らかい。

そんな大胆なことをしでかした結花は……そのまま俺の手を操って、自分の胸をむにゅむにゅさせはじめる。

手が溶けそうなんですけど。

あと、シナプスが焼き切れそう。

「……ちっちゃくって、ごめんね？」

むにゅーん。

「で、でも……それなりには、あるでしょ？　ゆうなとか桃ちゃんほどは、大きくないけど……」

むにゅむにゅーん。

「……だめ、ですか？」

――プツンって。

確かに頭の奥で、何かが切れる音が聞こえた。

「うにゃ⁉」

その音に導かれるように、俺は……結花の背中に手を回して、ベッドに押し倒した。

強く強く、結花を抱き締める。

頰と頰が触れ合う。

柔らかくて、温かくて、なんだか心地良い。

そして俺は、少しだけ力を緩めると――結花の顔を見た。

「……ふにゅ。み、見ないでよぉ、遊くん……」

真っ赤に頰を染めて、瞳を潤ませてる、俺の許嫁は。

いつも以上に――可愛いしかなかった。

『……ん？　兄さん、ひょっとしてなんか、電話のタイミング悪かった？』

「い、いや！　全然そんなことないけど⁉」

◆

――灯りの落ちたラブホテルの魔力で。

お互い気持ちが昂ぶり、ベッドの上で抱き締め合ってた、俺と結花なんだけど。

俺がスマホをマナーモードにしてなかったもんだから……ピリリリリリッ♪　って、ＲＩＮＥ電話の着信音が鳴り響いて。

その瞬間――俺と結花はどちらからともなく、バッと離れたってわけ。

『えっと……マジで今じゃなくていいんだけど？　別に迷惑掛けたくって、電話したわけじゃないし』

なんで今日は殊勝な態度なんだよ。いつもみたいに毒づけよ。

気を遣われたら余計に、さっきまでのことを思い出して悶えそうになるんだって……。

「……あううううう……恥ずかしいようううう……私ってば、めちゃくちゃいやらしい子じゃんよぉぉぉ……」

ちなみに結花は、布団の中に頭まで隠れて、一人で悲鳴を上げている。

さっきまでの妖艶なオーラはどこへやら。

布団をかぶってじたばたしてる結花は、完全にいつもどおりの結花だった。

「那由、それで？　急に電話してきて、どうしたんだよ……別人みたいに控えめで、なんか怖いんだけど」

『あ……うん。クリスマスの、ことなんだけどさ』

気持ちを切り替えようと、深く息を吸い込み、俺は那由の話に耳を傾ける。

『父さんと二人で、クリスマスに帰る予定だったっしょ？　だけど、父さん……その日に限って、めちゃくちゃ大事な仕事を振られたらしいんだよね』

「マジか。じゃあ料理とか、那由の分だけでいいって結花に伝えとくわ」

『じゃなくって……あたしも、遠慮しよっかなって』

「……ん？」

まるで予想もしてなかった那由の発言に、俺は一瞬フリーズしてしまった。

いや。飛行機のチケット買ったって、この間ＲＩＮＥしてきてただろ。

なんの冗談っていうか、何を企んでんの？　うちの愚妹。

「えっと……何かの罠なのか、マジで遠慮してんのかだけ、教えてほしいんだけど……」

『罠とかじゃないっての！　ほら、この間ＺＵＭで誕生日祝ってくれたっしょ？　あれがマジで嬉しかったから……満足したし。父さんが帰んないのに、あたしだけ帰るってのも、なんか気が引けちゃうし……』

「いやいや。俺と結花は、お前とクリスマスパーティーしたいんだってば」

よく分かんないけど、どうも本気のトーンで言ってるらしい那由。

悪いものでも食ったんじゃないかって心配になるけど……取りあえずこっちも、真面目に返答することにした。

「俺と結花は、二人でも出掛けるから、別に邪魔とかないし。俺としては、これまでと同じように——お前ともクリスマスを過ごしたいんだけど？　結花もそう言ってくれてるからさ……家族で楽しもうぜ、クリスマスくらい。本当に——楽しみに、待ってるから」

『…………ん。ごめん、変な電話して』

ほんのちょっとだけど、明るい声色になった那由は。

「ありがとね」なんて、びっくりするようなことを呟いて——電話を切った。

「ゆーくんっ！　私の隣、空いてますよー？」

スマホをテーブルに置いてから振り返ると、布団からひょこっと顔を出した結花が、ぽんぽんと自分の隣の枕を叩いてる。

「ごめん、結花。電話が長くなっちゃって……」

「んーん。妹思いな遊くんも、私は好きだもんねー」

そう言って笑った顔は、普段の無邪気で甘えっ子な結花のもので。

俺の中から邪気が抜けて――ふっと肩が軽くなる。

そして俺は照明を点けてから、布団をめくって結花の隣に潜り込んだ。

「……那由ちゃん、クリスマス帰ってきてくれるかなぁ？」

「さすがにあれだけ言ったら、大丈夫だと思うんだけど」

「帰ってきてほしいなぁ。遊くんとのデートも楽しみだけど、遊くんと那由ちゃんが仲良しなクリスマスだったら、もっと嬉しいもんね」

仰向けに寝転がったまま、「えへへっ」と結花が笑い声を漏らした。

布団の中で、こうして穏やかに話していると――いつもの寝る前と同じだなって思う。

「……なんだか、おうちにいるみたいだねー遊くん？」

「部屋の中がやたらピンクなのが、ちょっと落ち着かないけどね」

「確かにー。おうちで寝るときは、ゆうなのグッズとかポスターとかで、周りがいっぱいだもんね。でも……私は遊くんがそばにいたら、どこでも落ち着くよ？」

「……まぁ、俺もそうだけど」

「あっ、遊くんがデレたっ！　私がそばにいたら、遊くんは落ち着くの？　ねぇねぇ、落ち着くのー？」

きゃっきゃって笑いながら、結花は布団の中でひょこひょこ動き回る。

寝る前の子どもって、こんな感じでやたらハイテンションだよね。

で、最後は電池が切れたみたいに、パタッと寝落ちしちゃうやつ。

「クリスマスの予定、考え中なんだー。東京公演が終わるのが夕方だから、それから待ち合わせるでしょ？　それから遊園地……って感じで、どうかな？」

「ライブ会場の近くに、遊園地あるもんね。行くのはいいけど、久しぶりだなぁ」

「わーい！　観覧車は外せないし、ジェットコースターとかコーヒーカップとかも、楽しみだなぁ……あ。それからね、クリスマスといえばプレゼント交換！　絶対しようね、遊くん‼」

なんかプレゼント交換のくだりでの、結花の目力が強い。

やるのはいいんだけど、そんな期待の眼差しで見られても……三次元女子が喜ぶプレゼントを選べる気がしないんですけど。

「デートをいっぱい楽しんだら、遅くならないように帰って、那由ちゃんとクリスマスパーティー!!　……家族で過ごすクリスマスに、私が交ぜてもらう感じだけど」

「……もう家族と変わんないでしょ、結花は。あの毒舌な那由ですら、『お義姉ちゃん』って慕ってるくらいなんだから」

「……うん。ありがとね、遊くんっ」

くすぐったそうに笑うと、結花は口元にくいっと布団を持っていく。

その拍子にふわっとなった結花の髪から――シャンプーの良い香りがした。

――そんな感じで、いつもの調子でお喋りしているうちに。

家にいるときと同じように、どちらからともなく寝落ちてしまい。

無事、何事もなく……ラブホテルの夜を終えた。

どっちの方がよかったのかってのは……考えないことにしておく。

第13話 陽キャたちと遊びに行くとき、なにか気を付けることある？

「ねぇねぇ、綿苗さぁん！　この後さぁ、みんなで打ち上げに行くんだけど、どーよ？」

北海道から帰ってきた数日後——終業式を終えて。

体育館から廊下に出ると、二原さんが結花に話し掛けてるところに遭遇した。

「……どうして？」

プライベートだったら、二原さんを見たら「桃ちゃーん！」って小動物みたいに懐いちゃう結花。

だけど、本日も学校結花は、通常営業中。

眼鏡の位置を指で直しつつ、無表情かつ淡々とした口調で応答している。

とはいえ二原さんも、そんな結花の違いには、もう慣れっこ。

「や。うちが綿苗さんと一緒に、遊び行きたいかんさ。打ち上げでわいわいやって、冬休みを迎えようぜーって！」

「……へぇ」

「どうよ、綿苗さん？　最後にドーンッと、今年最後に打ち上げたいっしょ？」

「……何を？」

確かに。

打ち上げ花火みたいなテンションで言ってるけど、一体何を打ち上げる気なんだ、陽キャたちは？

体育祭とか文化祭とかならともかく、ただ二学期が終わるだけだってのに……陽キャのノリは、いまいち理解できない。

「ま、まぁ……行っても、いい……けど？」

そんなよく分かんない会合だけど、結花は上擦った声で参加の意思を示した。

最近の結花は、クラスメートと親睦を深めたいって思ってるもんな。

こんな誘い……確かに、チャンスでしかない。

「いーじゃん、いーじゃん！　行こ、行こっ‼　おっしゃ、結ちゃ――綿苗さんがせっかく来てくれるわけだし、張りきって人を集めなきゃね！」

二原さんがくるっと、こちらに振り返った。

そして――パチッとウインクを決めて。

「んじゃ、佐方も参加決定でおっけ？」

「待って。そもそも俺、会話にも交ざってなかったよね？」

「ま、どうせ聞こえてたっしょ？　佐方はエロいかんね。聞き耳立ててんだろーなって、女の勘が言ってるわけ」

「やめてくれない、そういう風評被害？　人のことをなんだと――」

「……佐方くんも、来た方がいいわ」

二原さんの暴論に意見しようとしたら、結花が俺のことを睨(にら)んできた。

「行かない理由が、あるの？」

「そりゃあまぁ、二原さんのグループといつもつるんでるわけじゃないし。行く方がむしろ不自然――」

「……………行かないのかしら？」

「……………いえ。たまにはそういうのも、行きたいかな？」

「だ、そうよ。二原さん」

「おっけぃ！　佐方、ゲットだぜっ‼」

めちゃくちゃ強引に押しきられた気がするんだけど、勘違いですか？

ほら結花、人目を忍びながら「よしっ」ってガッツポーズしてるし。

「んじゃ、ホームルーム終わったあと、教室に残っててね！　たっのしっみだー‼」

「はぁ……分かったよ」

「了解したわ」

「おっしゃあ！　綿苗さんも遊一（ゆういち）も、盛り上がって参加しようじゃねぇか‼」

なんか急に、無関係な声がカットインしてきた。

振り返れば、マサがいる。

「ん？　倉井（くらい）、なに一人で盛り上がってるん？　ひょっとしてヤバめの植物とか、使っちゃった？」

「使ってねぇよ！　俺はいつだって、こんなテンションだっつーの‼　……二学期の打ち上げの話だろ？　遊一たちが行くんなら、俺も一緒に参加するぜ‼」

「……どうして倉井くんが？」

「お、綿苗さん。相変わらずのツンッぷりだな……だけどこの間、遊一と一緒に少し話したからな。俺にもツンへの耐性ができたぜ！」

「…………へぇ」

多分反応に困ったんだろう、なんの感情も籠もってない声で答える結花。

「っていうかマサ……なんでそんなノリノリで参加希望してんだよ？　陽キャの集まりより、早く帰って『アリステ』ガチャ回したい派だろ、お前は」

「……なぁに、ちょっとした噂（うわさ）を聞いてな」

急に声をひそめたマサに促され、俺たちは結花と二原さんに背を向けた。

そして、マサが——耳打ちしてくる。

「今日の打ち上げ……女子がサンタコス、するらしいぜ？」

「……で？」

すげぇ神妙な顔するから、何かと思ったら。

真剣に聞こうとして損したわ、本気で。

「馬鹿か、遊一？　クラスの女子が、こぞってサンタコスすんだぞ？　そんなの……男子なら見たいだろうが！　ミニスカサンタとか、最高じゃねぇかよ……っ!!」

「馬鹿はお前だろ……『らんむ様が俺の嫁』とかいつも言ってるくせに、クラスメートのミニスカサンタは見たいのかよ？」

「二次元と三次元は、別腹だからな!!」

名言みたいなノリで、割と最低な発言をしやがった。

——なんて、マサに対して呆れたようなスタンスを取ってはいるけれど。

ちょっとだけ結花のサンタコスを妄想してしまったのは、絶対に秘密だ。

◆

「すっご……桃ってば、めっちゃ人集めてるしー」

「さすがすぎるっしょ。桃はやっぱ、コミュ力の鬼だわー」

野生の陽キャたちが、なんだかわいわい盛り上がってる。

まぁ気持ちは分かる。だってパッと見――二十人近く、集まってるんだもの。

中身は『特撮ガチ勢』だけど、やっぱり普段は『陽キャなギャル』……コミュ力が半端なさすぎるんだよな、二原さんは。

「あははっ。まぁ桃乃様を褒め称えんのは、それくらいにして……静まれ、皆の衆よー。んじゃ、そろそろボウリング大会、はじめるかんねー‼」

そう――ここはボウリング場。

黒くて重い球を放り投げ、罪のないピンを薙ぎ払っていく……野蛮な遊びの場所だ。

……ん？　ボウリング嫌いなのかって？

九割方ガーターになる俺に対して、そんなの愚問だね。

「おっしゃあ！　いくぜぇ、俺の——メテオバイオレット・ラブブレイカー‼」

うわっ、ダサッ⁉

とんでもない中二病な技名を叫んだのは、俺の悪友・マサ。

凄(すさ)まじい速度で放たれたボウリング球は、勢いよく転がっていき……ガーターに‼

「くっそぉ！　俺のメテオバイオレット・ラブブレイカーが……っ‼」

「……正気でやってんの、お前？」

周りを見ろよ。

ここは陽キャばっかりの、完全アウェイな空間なんだぞ？

その技名、らんむちゃんのソロ曲『乱夢(らんむ)☆メテオバイオレット』から名付けてんじゃねーか！　……とか、誰もツッコんでくれないからな？

「綿苗さーん！　頑張れー‼」

悪ノリがすぎるマサに呆れていたら——隣のレーンから、女子たちの歓声が上がった。

投球しようとしているのは、無表情な眼鏡姿の結花。

両手で抱えたボウリング球をじっと見つめて、ギュッと口を噤(つぐ)んでいる。

「……よし」

小さく頷くと、結花は……ロボットみたいなぎこちない動きで、歩き出す。

何その歩き方？

っていうか、ひょっとして結花――ボウリング初めてなのでは？

「綿苗さーん！　いっけぇ！」

「――――ん‼」

二原さんが叫ぶと同時に、結花は両手でボウリング球をかまえて……え、両手で⁉

そしてそのまま結花は、ボウリング球を「えいっ！」と投げた。

宙を舞うボウリング球。

そして結花は……。

――――べしゃっと。

勢いあまって、レーンに顔から突っ込んだ。

「わ、綿苗さん⁉」

「わあああ⁉　綿苗さんが、声も上げずに倒れたぞ⁉」

さっきまで楽しく盛り上がってたはずのボウリング場が、違うニュアンスで騒然としはじめる。

そんな中——結花はむくっと、起き上がった。

おでこはちょっと赤いけど、顔色ひとつ変えずに。

「ちょっ、綿苗さん！　だいじょぶ⁉」

「なんのことかしら？」

「何って、めっちゃ転んだっしょ⁉　しかも顔から！」

「…………はて？」

いやいや。そんなんじゃ誤魔化せないでしょ。

「もー、綿苗さんー。びっくりしたよぉ」

「こんな状況でもポーカーフェイスなんだな。さっすが綿苗さん、鋼のメンタルだわ」

はたから見ると、そう映るのか。学校結花のバイアスってすごいな。

俺の目には、素の結花が漏れ出かけて——泣きそうになってるのを堪えて、ぷるぷるしてるようにしか見えないけど。

「おっ！　でも……転んでもただじゃ起きないねぇ、綿苗さん？」

「……？　どういうこと、二原さ——」

結花の声を遮るように、スピーカーから「ストライク！」って音声が響き渡った。

そしてスクリーンに映し出される、ストライクのときに流れるアニメーション。

「すっげぇ！　俺のメテオバイオレット・ラブブレイカーを超えてんな、綿苗さん‼」

マサも、他のみんなも、綿苗結花のストライクに盛り上がってるけど。

……俺は見逃さなかった。

みんなに見えないように、結花が――喜びのピースをしてたのを。

◆

ボウリング大会が終わると、俺たちは打ち上げの第二会場――カラオケにやってきた。

パーティールームみたいなところに通されたんだけど……人数、減ってない？

結花も二原さんも見当たらないし。

「……遊一。ついに来るぞ。待ちに待ったイベントがよ……ここで焼きつけた光景を思い出しながら、俺は年越しを迎えるぜ。いい初夢になりそうだ……っ！」

「お前って、本能と煩悩(ぼんのう)の赴くままに生きてるよな……」

イベントってあれか。打ち上げの前に、マサが言ってたやつ。

確か女子たちが、サンタコスをするとかなんとかって――。

「へいへーい！　ジェントルメン＆ジェントルメーン‼　ちょっと早い、メリークリスマース！　あ……ちなみに、写真撮影とお触りはＮＧだかんね？」

カラオケルームの扉を開けて入ってきたのは――膝上までしかないミニスカートタイプの、サンタコスチュームを纏った二原さんだった。

その豊満すぎる胸は、中からぐっとコスチュームを押し上げてて、とんでもない谷間を生み出している。

良い子には刺激が強すぎるぞ、このサンタ……。

「うおおおおおお！　遊一ぃぃぃぃ‼　良い子の俺たちに、ご褒美だぞぉぉぉぉ‼」

お前は悪い子だろ。めちゃくちゃ下心だらけじゃねーか。

――なんて、マサだけを責められた立場でもないけどな。

他の男子みんなも、サンタ女子たちの登場に、めっちゃ沸き立ってるし。

クールを装って黙ってるけど……俺も実際、テンション上がってるし。

コスプレが嫌いな男子なんていません。

そんなことを考えてたら——ブルブルッと、ポケットに入れてたスマホが振動した。

誰かから、RINEでもきたかな……？

『遊くん、たすけて』

簡素なその文面を見た瞬間、俺はガタッと席から立ち上がった。

そして、TV画面の前に並んでわいわいしている、サンタ女子たちを尻目に——カラオケルームを飛び出る。

その途端——ぐいっと。

俺は何者かに手を引かれて、隣の個室へと連れ込まれた。

そこにいたのは——。

「えへへっ、遊くんだー♪」

膝上丈のミニスカサンタの格好で、生脚と肩を艶やかに露出して。

サンタ帽とポニーテールという、魅惑のアンサンブルを奏でつつ。

眼鏡の下のつり目がちな瞳を、恥ずかしそうに潤ませてる——綿苗結花だった。

「え、えっと……い、一体どうしたの？　助けてって……」

「遊くんだけを呼び出すには、この文面がいいよって、桃ちゃんが教えてくれたの」

二原さんの入れ知恵だった。

っていうか、みんなが隣の部屋でわいわい盛り上がってる中――サンタコスの結花と二人っきりの空間にいるのって、なんか凄まじく淫靡な感じがするんですけど？

胸がバクバクする俺の前で、結花はもじもじしつつ、上目遣いにこちらを見てくる。

「んっとね……桃ちゃんが、この格好は遊くんだけに見せた方が、遊くんは喜ぶよって……言ってたんだけど。どう、かな……？」

――なるほど。

そう言われて、改めて結花の格好を見ると……確かに普段はお堅い綿苗さんが、こんなミニスカ&肩出しのサンタ服を着てるって思うと、すごくイケナイもの感がしてくる。

「ゆ、遊くん……？」

「いや。えっと、まぁ……確かにあんまり、他の男子の前には出ないでほしいかな……」

ただの焼きもちだけど。

でもやっぱり……自分の許嫁をいやらしい目で見られるのは、なんか嫌だから。

「……ふへっ、嬉しい♪」

言い淀んでいる俺を見て、結花はなんか嬉しそうに笑った。

　そして、ゆっくりと──サンタの格好のまま、耳元に顔を近づけると。

「心配しなくても、私は……遊くんだけの、結花だよ？」

　そして、俺は一足先にみんなのいる部屋に戻って。

　少ししてから──結花がドアを開けて、入ってくる。

「お、綿苗さーん！　サンタ帽、めっちゃ似合ってんねー‼」

「……そ、そう？　ありがとう、二原さん……」

　照れたように前髪をいじりながら、サンタ帽をかぶった学校モードの綿苗結花が、みんなの前に立つ。

　その服装はサンタ──ではなく、普段着ている制服。

「あ、ほんとだー。似合う似合うー、なんかキリッとしたサンタって感じー」

「ってか、綿苗さん肌白いねぇ。いいなぁ、うらやましいー」

「あ、えっと……ありがとう、ございます」

　女性陣からわいわいと話し掛けられて、結花は困ったように下を向いた。

　だけど、心なしかその表情は──にこっと笑っているように見える。

「あれ？　綿苗さんは、サンタ服着ないのか？」

そんな、和やかな空気の中――マサがぽつりと呟いた。

それは本当に他意のない、素朴な疑問だったんだと思う。

だけど結花は、俺以外の前ではサンタ帽しかつけないって、さっき決めたから。

強い語調で――言い放った。

「倉井くん。着ませんけど……何か問題でも？」

「……ひぃぃぃぃ……ごめんなさいぃぃぃ……」

――とまぁ。
そんな感じで、ちょっとだけお堅いところも出ちゃったけど。
少しずつ綿苗結花というキャラが、クラスメートに受け入れられてきてるなって感じる、
そんな打ち上げだった。

第14話 【アリラジ特番】『ゆらゆら★革命』、動画でも可愛すぎ問題

「……ただいま、兄さん」

帰ってきたかと思えば、玄関先でなんかうな垂れてる我が愚妹——那由。

何この、借りてきた猫みたいな態度。

大体いつもアポなしで帰ってくるくせに、今日は事前にRINEで連絡してきたし。

普段と違いすぎて、もはや怖いよ兄さんは。

別な世界線からやってきた、アナザー那由なんじゃないかとすら思っちゃう。

「あれ……結花ちゃんは？」

「ああ。結花なら買い物に行ってるよ」

今日はクリスマスイブ。

そして明日は——いよいよクリスマス。

それもあって、結花は張りきって「明日の料理の材料、いーっぱい買ってくるね！」と
出掛けていったわけだ。

「そっか……ありがと、二人とも」

ショートヘアの毛先を指先でくるくるしつつ、那由は呟いた。

Tシャツの上に羽織ったジージャン。

ショートパンツから覗く、細い脚。

まだ成長途上な体つきだから、可愛い系の男子なんだかボーイッシュな女子なんだか、パッと見だと判別しづらい。

「結花に聞かれてさ。お前の好きそうな料理、いくつか伝えといたから……期待して待っとけよ」

「あんまり気合い入れられたら、逆に申し訳ないんだけど」

そう言いながらも、ちょっとだけ口元を緩ませる那由。

そうそう。普通に楽しみに待ってればいいんだよ……変に遠慮せずにな。

「じゃ、取りあえず部屋に荷物置いてくる。なんか手伝うことあったら、言って。やってもらってばっかじゃ、さすがに悪いし」

「――それじゃあ、お言葉に甘えて。頼みたいことがあるんだ、那由」

「え？　何？」

食い気味に俺が言うと、那由はびっくりしたように顔を上げる。

そんな妹の目を、俺はじっと見つめて……言った。

「頼むっ！　お前のスマホを使って──『アリラジ特番』を視聴させてくれ‼」

「…………はぁ？」

「──『ラブアイドルドリーム！　アリスラジオ☆』！　『ゆらゆら★革命』デビュー記念、緊急特番‼」

「はじまるわ……覚悟はいい、ゆうな？」

「はいっ！　頑張りますっ、らんむ先輩‼」

那由のスマホから、夢と希望と世界平和が詰まったボイスが聞こえてきて。

しかも画面には、着席したまま手を振っている、三人の美少女が映し出されていて。

…………なんか涙が出てきた。

「え……兄さん、なんで泣いてんの？」

「悪いな。なんか、地球に生まれて良かったたって、命の尊さを感じてさ……」

「ごめん。久しぶりに、マジできもいんだけど？」

隣に座ってる那由が、割と本気でドン引いた顔してやがる。

引きたければ引け。笑いたければ笑え。
それでも――『アリステ』を愛する気持ちを、止めることなんてできないから。

――『アリステ』のネットラジオである『アリラジ』。

そこでのトークがバズったことからはじまった、和泉ゆうなと紫ノ宮らんむのユニット『ゆらゆら★革命』。

そんな最強のユニットによるインストアライブ、その最終公演が間近に迫ったところで
――『アリラジ』スタッフは、とんでもない企画をぶち込んできた。

それがこの……声優三人による、十五分のトーク特番！　しかも動画付きで‼


「ったく。いきなり何を頼んできたのかと思ったら……あたしのスマホを使って、この特番を観たいって？　なんなの、ふざけてんの？　動画くらい、自分のスマホかパソコンで観ろし。マジで」

「……できねぇんだよ。結花が恥ずかしがって、絶対に視聴を阻止しようとするもんだから――『アリラジ』関係は、スマホでもパソコンでも観られないように、変なロックが掛けられてんだよ‼」

「妻にＡＶ禁止されてる夫みたい」

すっげぇ的確な気もするが、中二女子から出るたとえとは思えねぇ。

──『アリラジ』を巡る、終わりなき戦い。

かれこれどれくらい、争ってきたことだろう……。

結花がいない隙に聴いたこともあった。

結花が寝てる隙にパソコンからのアクセスをブロックされたときは、無人の那由の部屋に隠れて、スマホで聴いた。

怒った結花にパソコンからのアクセスまでブロックしたもんだから、鉢川さんの家に駆け込んで聴かせてもらった。

それでさらに怒った結花が、スマホからのアクセスをブロックされたとき……

結果、めちゃくちゃ怒られて──「次に見つけたら、お仕置きするからね！」と、最後通牒を出されたんだよね。

「えっと……馬鹿なの、マジで？　次がもうないんなら、視聴すんな。諦めろし、試合終了っしょ」

「ふざけんな。ゆうなちゃんが関わる番組をチェックしないとか……それはもう、死んでるのと一緒だろ！　俺を誰だと思ってんだ……『恋する死神』だぞ⁉」

「知らんし。そんな、フォーチュンクッキーみたいな名前に対するプライドとか」

しらけた顔をしながら、那由は深くため息を吐く。

だけど……那由も『アリラジ』に興味があるのか、スマホ画面に顔を向けた。

「和泉ゆうな――あたしも前に、ネットで調べてみたことあるけど。この子が、結花ちゃんなんでしょ？」

「ああ。ちなみに和泉ゆうなが演じるゆうなちゃんは天然無邪気で、その魅力は――」

「聞いてないのに語んなし……ま。あたしも結花ちゃんの声優活動、観てみたいから――今日のとこは、見逃してあげるわ。マジで」

そんな感じで、那由との話がついたので。

俺と那由は『アリラジ特番』を、兄妹で視聴することとなった。

◆

「ってなわけで、はじまりました『アリラジ特番』！　今日は『ゆらゆら★革命』の二人を丸裸に……ねぇ、なんで毎回わたしにオファーするのかなぁ⁉」

開幕からキレ芸全開なのは、和泉ゆうなと同じ『60Pプロダクション』所属の先輩声優――掘田でる。

本当にいつも、この危険なコンビの緩衝材として駆り出されてるよな。

動画に流れてくるコメントも、『掘田でる遣いが荒い』『スタッフ鬼畜すぎて草』『石油のような安心感』なんて、掘田でる弄りがはじまってるし。

「はいはい。やりますよ、やってやりますよ……ってなわけで。今回もアクが強すぎる二人を、やさぐれながら見守ります。でる役の『掘田でる』でーす」

「アクが強い……あまり自覚はないですね。私はただ、アリスアイドルとして高みにのぼるため、すべてを賭してファンの前に立つだけなので――らんむ役『紫ノ宮らんむ』よ。私を応援するのであれば、ついてきなさい。全力でね」

挨拶から、もうアクが強すぎる。

同じく『60Pプロダクション』所属の声優、紫ノ宮らんむ。

『六番目のアリス』こと、人気投票六位のクールビューティ・らんむちゃんを演じる……ストイックでオーラが半端ない、『ゆらゆら★革命』の一人だ。

そして、最後の一人は――。

「わーい、みなさーん！　動画ですよー、めっちゃ動きますよー‼　今日もいっぱい、楽しんで帰ってくださいっ！　ゆうな役の『和泉ゆうな』です、よろしくお願いします‼」

手を振ったり、ひょこひょこ左右に揺れたりと、最初っから元気いっぱい。

『60Ｐプロダクション』所属。天然でドジっ子で、いつだってファンに笑顔の花を咲かせて回ってる、若手声優。

和泉ゆうな——俺の愛する宇宙で一位のアリスアイドル、ゆうなちゃんの声優だ。

「茶髪のツインテも似合うよね、結花ちゃん。マジ可愛い」

「これはゆうなちゃんの格好に合わせてるんだよ。ゆうなちゃんはガーリッシュな格好を好むから、こういうピンクを基調とした衣装はキャラに合っていて、スカート丈も——」

「うるさ……聞こえないんだけど？　黙って？」

驚くほど冷えきった声で那由が言った。

なるほど。そんなに集中して『アリラジ』の世界を堪能しようとしてんのか。いい心掛けじゃん、那由。

「じゃあ今回は、この箱からお題を引いて、二人に喋ってもらいまーす。じゃあ引くよ……じゃんっ！　『二人の大切なものって?』でーす」

「『弟』ですっ！」

「当然『アイドル』ですね」

「はーい、じゃあ次いきまーす」

笑顔のまま、普通に流した。

どうしよう……掘田でるが、どんどん二人を捌くのがうまくなってる……。

「『一番印象に残ってるインストアライブは?』……なるほどねぇ。んじゃ、ゆうなちゃんから。思いっきり語っちゃって！」

「は、はいっ！　えっと……どの公演もすっごく楽しかったんですけど。一番って言われると、沖縄公演ですね」

そう言ってから、和泉ゆうなはニコーッと、満面の笑みを浮かべた。

「自分がメインでライブするなんて、初めての経験なので……初回の大阪公演は、とにかくがむしゃらでした。それで、二回目の公演ってなったとき、大阪公演以上のものを見せなきゃ！　って……プレッシャーを感じちゃって」

「あー、分かる分かる。前の自分を超えなきゃ、的なプレッシャーね」

「そうなんです！　だから、前日はもうガッチガチで……石になっちゃったみたいでした。それで、いっぱい自主練して、いっぱい色々考えて——そうしたら、ふっと気付いたんです。私がどうして、こんなに声優として頑張ろうとしてるのか」

和泉ゆうなは、ちらっと紫ノ宮らんむのことを見て。

それから、満開の笑顔で……言った。

「私はファンの人も、身近な大切な人も、みんなに笑っててほしい。私の声や歌が、少しでもみんなの心に届いて——笑顔で毎日を過ごしてほしい。そう思ったら……なんだかライブのときも、楽しく歌えたんです。名古屋や北海道も、そんな気持ちで頑張れたんです……沖縄公演は私にとって、ひとつ階段をのぼれたなって感じでした！」

「……ゆうなちゃんが、真面目に話を……オイルショックならぬ、ゆうなショック……」

「え、なんでそんな反応なんですか掘田さん⁉　普通にいい話をしたのにぃ‼」

普段が普段だからね。掘田でるの反応も、分からんでもない。

だけど、同時に——俺は目頭が熱くなるのを感じた。

ハプニングもたくさんあったけど。

プレッシャーを感じながらも一生懸命頑張って、結花が沖縄公演を成功に導いた姿を……間近で見ていたから。

「じゃあ、次はらんむね。『一番印象に残ってるインストアライブは？』」

無表情のまま、紫ノ宮らんむは口元に手を当てると、じっと思案する。

そして——ふっと微笑(ほほえ)んで。

「そうですね……私も、沖縄公演です」

「へぇ。らんむはどうして、沖縄が一番印象に残ってるの？　ゆうなちゃんの成長を感じたからとか？」

「もちろん、それもあります。ただ、私的な感情で恐縮ですが……懐(なつ)かしかったもので」

「懐かしかった？」

掘田でるのツッコミと同時に、俺も心の中で同じセリフを吐いた。

紫ノ宮らんむは、あまり個人情報を開示していない声優だ。出身地も、趣味も、どうして声優を目指したのかも——どこにも情報がない。

だから「懐かしい」ってことは……ひょっとして沖縄出身だったりとか？

「え、らんむって沖縄生まれなの？　全然なまりとかないけど」

「いえ。沖縄にゆかりはありません。ただ……懐かしくなるような、そんな情景を見たもので。そのおかげで——さらにアイドルとして頑張ろうと、思えました」

「……へぇ。らんむがそんな風に、自分の感情を喋るのって、珍しくない？」

「ですねっ！　らんむ先輩、沖縄で何があったんですか⁉」

「――ご想像にお任せするわ。少し謎があるくらいで、アイドルはちょうどいいから」

「……可愛さなら、結花ちゃんのが上だけど。なんかこの人、オーラ半端なくね？」

すっかり『アリラジ特番』に見入っていた俺の隣で、那由がぽそっと呟いた。

さすが紫ノ宮らんむ。声優に疎い那由にも伝わるくらいのオーラなんだな。

「ってかさ。なんでみんな、ロングヘアなの？　なんなの、オタクは髪が短い女子は眼中にないわけ？」

「何その偏見……『アリステ』にもショートヘアキャラは何人もいるし、声優にもいるっての。たまたま今日の三人が、ロングヘアなだけだろ」

「じゃあ兄さんは、長いのと短いの、どっちが好きなの？」

急になんだよ。睨みながらそんなこと聞いてきて。

「お前、それは愚問だろ……俺は『恋する死神』。ゆうなちゃんのためなら、心臓を捧げられるくらいなんだぜ？　ゆうなちゃんの髪型が、一番好きに決まってんだろ」

「普段の結花ちゃんも長いですもんね、けっ！」

え、なんでキレたの？　意味不明すぎない？

――コンコンッ！

そのときだった。

那由の部屋を、誰かが外からノックしたのは。

「那由ちゃーん、帰ってきてるのー？　そっちに遊くんもいるー？」

「……めっちゃいるし」

俺は慌てて、しどろもどろになりながら、結花に向かって声を上げる。

そして、ドアを開けられないように反対側から押さえた。

「ゆ、結花！　ちょっと、兄妹で大事な話をしてるから‼　二、三分で終わるから！」

「それじゃあ、そろそろお別れの時間になりました！　ってなわけで最後に、二人から東京公演に向けた意気込みを、どーぞ！」

「はいっ！　クリスマスなんてロマンチックな日に、みんなの前で歌えるのが、すっごく嬉しいですっ‼　みんなにとっても、自分にとっても、素敵な想い出の一日になるよう

――全力で頑張ります！」

「最後だろうと、最初だろうと、私のやることは変わらないわ……最高のパフォーマンスを、貴方たちに届ける。クリスマスなんて忘れるくらい……燃え上がる舞台にしてみせるから。覚悟しておきなさい」

「あ、結花ちゃん。そろそろ終わるよ、番組」

「ばっ……那由！　お前、それは言わない約束だろ⁉」

「うっさい。ショートヘアは眼中にないんでしょ？　じゃあ、あたしのことなんて見えないはずだし……どうも。透明人間の那由が、勝手に喋ってます」

「お前が勝手に言い出しただけだろ、それは‼」

「番組？　ばんぐ……ま、まさか！　遊くん……『アリラジ特番』観てんの⁉　約束と違うじゃんよ！　開けてよ、もぉぉぉ！　絶対に、許さないんだからぁぁぁぁ‼」

結花がドンドンとドアを叩きながら、絶叫する。

そんな結花に向かって、俺は全力で弁解を試みる。

「結花！　落ち着いて考えて？　結花に『アリラジ』を禁止されたのは覚えてるよ？　だけどこれは、動いて喋る——そう、ラジオじゃないんだよ‼　だからセーフ！　圧倒的セーフ‼」

「でもこれ、『アリラジ特番』っつってんじゃん。馬鹿なの、兄さん？」

「馬鹿はお前だ！　なんで鎮火しようとしてるところを邪魔すんだよ⁉」

「ばかなのは遊くんでしょ、もぉぉぉぉぉぉ！　ばーかばーか！　ばかばかばか、ばーかばーか‼」


『転生したら、テンプレ展開しかない世界に来たんだけど？』のＣＭですよ？　お気軽に『転テン』とお呼びください。

大好評放送中の『転テン』のブルーレイが、わたしの財力を駆使して、ついに発売決定しました！　ねぇ、欲しくなりました？　欲しくなりました？

初回封入特典は、わたしのブロマイド！

これを見て好きな妄想をしてくださいね。そう、同人誌みたいに‼

ふっふふー。ご購入いただけるのを……楽しみにお待ちしてますよ？

第15話　クリスマスに推しと会える幸せについて、語り合おう

——クリスマスイブは、酷い目に遭った。

帰省してきた那由のスマホを借りて、『アリラジ特番』を観てたのがバレて、結花がぷんすかモードになったもんだから。

罰として、頭撫で撫で一時間し続けるの刑を、食らう羽目となった。

というわけで頭を撫でまくって、結花のご機嫌を取り戻してから。

——こうして、クリスマス当日を迎えたわけだ。

『結花、最後のインストアライブも頑張ってね。あと、クリスマスデートなんて人生初なんだから、遊にいさんの言うことをちゃんと聞いてよ。分かった?』

「うっさい！　勇海の過保護ばーか‼」

スピーカー設定にしてあるスマホに向かって、結花が顔を真っ赤にして叫んだ。

RINE電話の相手は、勇海。

「じゃあ勇海。こっちに着いたら、家に来てくれ。俺と結花が帰るまで、那由と二人で待っててもらう感じで」

『分かりました、遊にいさん。結花と遊にいさんがデートをして帰ってくるなら、僕も那由ちゃんをエスコートして——二人っきりのパーティーでも、はじめてようかな？』

「……いらね」

相変わらずな軽口を叩く勇海に向かって、けだるげに吐き捨てると。

那由は問答無用で電話を切った。

まったく、今日はクリスマスだってのに——我が家は本当に、いつもどおりだな。

十四時～　インストアライブin東京　結花が出演、俺が参加
十七時～　俺と結花で遊園地デート
十八時前　勇海が我が家に到着　那由と一緒に待つ
二十時～　俺・結花・那由・勇海でクリスマスパーティー

結花が考えたクリスマスのスケジュールは、こんな感じだ。

ライブにデートに家族でのクリスマスパーティーと、やりたいことを全部詰め込んだスケジュールだけど……ライブと修学旅行を両立させた沖縄の予定に比べれば、それほど無茶でもない。

俺としても、初めて二人で過ごすクリスマスだから、結花に喜んでもらいたいし……那由のために、家族でクリスマスを過ごす時間も欲しかったから。

色々と予定を練ってくれた結花には、正直感謝してる。

「よーし、それじゃあ出発だね遊くん！　楽しいクリスマスのはじまりだー!!　ジングルジングル〜♪」

「めちゃくちゃ楽しそうだね、結花……それじゃあ那由。また後でな」

「……ん」

――あれ？

違和感を覚えた俺は、じっと那由の目を見る。

「なんか元気なくない、お前？　ボーッとしてるっていうか」

「……え？　い、いや、そんなことないし！　……いいから、行ってきなよ二人とも」

「うん、行ってくるね那由ちゃん。あ、冷蔵庫の中にいっぱい料理が入ってるけど……先に食べちゃだめだよ？　夜にみんなで、パーティーするんだからね！」

「食べないし。結花ちゃんがせっかく準備してくれたのに、台無しにするほど馬鹿じゃないっての」

そして那由は――ニコッと笑った。

いつもは仏頂面で、つっけんどんな態度ばっかりなくせに……なんだよ、その自然な笑顔は。今日のお前、やっぱり変じゃない？

なんだか腑に落ちない俺に対して、那由は言った。

「じゃ、待ってるけど。あたしより、デートを優先しなよ兄さん？　誕生日祝ってもらってるし、あたしとのクリスマスは……おまけくらいでいいから。マジで」

会場近くの駅で結花と別れて、ストアの入り口に行くと。

「おーい！　佐方ぁ、こっちだよー‼」

茶色く染めた髪を揺らしながら、ぶんぶん手を振りまくってる、ギャルっぽい雰囲気の女子がいた。

ブラウスと黄色いロングカーディガンはなんだかおしゃれで。ショートパンツから覗いてる生脚は、白くてすらっと長い。

見た目はただの陽キャなギャル――二原桃乃。

ただし実はその服装……『花見軍団マンカイジャー』のマンカイヒマワリが、変身前に着てる服なんだよね。胸元のひまわりブローチが、まさにそれ。

中身は特撮ガチ勢——それもまた、二原桃乃。

「よぉ、遊一……いい天気だな。お天道様も、らんむ様たちのステージを祝福してくれてるみたいだぜ……」

その隣で格好つけたセリフを吐いてるのは、マサこと倉井雅春。

ツンツンヘアと、黒縁眼鏡がチャームポイント。

身につけてる紫色のTシャツには、白文字で『アリステ』って書いてある。

ネット通販で買ったのか、それ。

もちろん俺も……ピンク地に白文字で『アリステ』って書かれたTシャツ、着てるんだけどね。

「いやぁ、しっかし……二原が『アリステ』のイベントに来るなんて、思いもしなかったな遊一！　まさかチケット取るほどに推してるなんて、ビビったぜ」

マサが二原さんのことを見ながら、しみじみと言った。

そんなマサにウインクして、二原さんは応える。

「最近かじったばっかかの新参者だけどね？　倉井たちみたいなガチ勢には負ける……けど！　和泉ゆうなちゃんが可愛いかんさぁぁぁ！　もぉぉぉぉ最っ高‼　推せる！」

目から星を飛ばしながら、和泉ゆうなへの愛を語る二原さん。

本当に二原さんは、結花が好きだね。普段の結花も、学校結花も、和泉ゆうなも全部。チケットも自分で抽選に申し込んで、見事に当てたくらいだし。

「新参とか古参とか、そんなん関係ねぇよ！　『アリステ』を愛する気持ちがあれば、みんな仲間だ‼　俺はらんむ様を、遊一と二原はゆうな姫を——全力で推そうぜ！　ゲレンデが溶けるくらいにな‼」

「おっけ！　他人の好きなもんに寛容なとこ、めっちゃいいね倉井‼　おっしゃ、今日は盛り上がってくかんね、二人とも‼」

マサと二原さんが、推しへの愛で熱くなってるのを見て。

俺の中の『恋する死神』が——疼きだした。

「……よし。それじゃあ行こうか、マサ、二原さん？　これからはじまるのは……ただのライブじゃない。クリスマスにふさわしい、聖なる祭典だ！　さぁ、喉が張り裂けるくらい——熱くなろうか‼」

◆

そして列に並んで入店した、俺とマサと二原さんは。

オールスタンディングの観客席で、それぞれ持参したサイリウムを取り出した。

――沖縄公演のときは飛び入り参加だったから、サイリウムもオリジナルTシャツも準備できなかった俺だけど。

今回はフルカスタムで、『ゆらゆら★革命』を推せる……感無量だ。

「おおお、すっごー！　めっちゃ人、いっぱいじゃーん‼　『ゆら革』やばくね⁉」

「らんむ様とゆうな姫っていう、凸凹なはずなのに奇跡的に溶けあってる、神ユニットだからな……当然の結果だろ」

「実際、今日のチケットって、結構な倍率だったらしいしな。ゆうなちゃん、思えば遠くに来たもんだ……」

思い思いの感想を口にする俺たち。

開演までは――あと十五分くらいか。

「ちょっと、トイレ行ってくるわ。本番に集中したいから」

「おお、行ってこい遊一！　開演に遅れんじゃねぇぞ？」

「いってらー」

マサの言うとおり、開演に遅れたら洒落にならないからな。

俺は急いでトイレに行って用を足すと、マサたちのところへ引き返す。

「あ。遊一くんじゃない」

すると、聞き覚えのある声で、誰かが俺の名前を呼んだ。

振り返るとそこには、白いシャツにタイトスカートという、できるＯＬな見た目の鉢川(はちかわ)さんがいた。

「そっか。東京公演はチケット取れたって、言ってたものね」

「はい。あと俺の友達と、二原さんも来てますよ」

「へぇ、桃乃ちゃんも？　そうなんだ……ゆうなのこと、本当に応援してくれてるんだ。良(い)い友達を持ってるのね、ゆうなは」

そう呟(つぶや)いた鉢川さんは、なんだか嬉(うれ)しそうに笑ってる。

自分の担当声優の幸せを、まるで自分のことみたいに喜んでくれるマネージャーさん。

そんな良い人がマネージャーをしてくれてるから、結花も頑張れるんだと思いますよ……ありがとうございます、鉢川さん。

「それじゃあ、わたしもそろそろ戻らなくっちゃ。遊一くん、ゆうなとらんむのステージ……楽しんでいってね」

「はい。我が命を賭けて」

そして鉢川さんと別れると、俺はマサたちのところに戻った。

「お、佐方。間に合ったー」

「よし、遊一……気持ち切り替えろ。そろそろ開演だからな」

二人と軽く言葉を交わしていたら——ふっと照明が暗くなった。

俺たちはサイリウムを振りながら、声援を送る。

会場の同志たちも、熱気とともにステージに向かって声を上げてる。

そして————。


「『ラブアイドルドリーム！　アリスステージ☆』——『アリステ』。そのステージを愛する人たちが、こんなに集まってくれたのね」

「すっごいですね、らんむ先輩！　愛がいっぱいすぎて、もう押し潰されちゃいそうなくらいですよ‼」

「この程度で押し潰されてどうするの、ゆうな？　私たちはもっと高みに行くのよ。たとえ今日のライブが終わったとしても——私たちの夢は、終わらないのだから」

「らんむ先輩⁉　いつもいつも、ハードルを上げすぎなんですってばぁ‼」

会場が笑いの渦に包まれる。

「らんむ様かっこいいい！」「ゆうなちゃんかわいいいい‼」なんて声が聞こえてくる。

もちろん俺たちも、声を上げてるけどね。

「それじゃあ、行きましょう。最後まで全力で……最高のステージにしてみせるわ」

「よーっし！　らんむ先輩、一緒に頑張りましょう‼　みんながいーっぱいの、笑顔になりますようにっ！」

「「『ラブアイドルドリーム！　アリスステージ☆』──新ユニット『ゆらゆら★革命』、インストアライブ！　ｉｎ東京‼」」

二人の声がハモったかと思うと、この世の奇跡がステージに降り立った。

「皆さん、こんにちアリス。らんむ役の、紫ノ宮らんむです。こんなに集まってくれて、感謝しているわ」

紫色のロングヘアをなびかせて、紫を基調とした大胆で妖艶な衣装を翻し──紫ノ宮らんむが微笑む。

「こんにちアリスー‼　すっごーい、いっぱい来てくれてるー！　皆さん、集まってくれてありがとうですっ！　ゆうな役の、和泉ゆうなです。よろしくお願いしまーす‼」

ツインテールに結った茶髪を揺らしながら、ぴょんぴょん跳ねてる和泉ゆうな。

ピンク色の愛くるしい衣装で、今日も元気いっぱいに笑っている。

「「そして、私たちは――『ゆらゆら★革命』です」」

再び二人が声を合わせて、その最高のユニット名を口にした。

観客一同から、歓声が沸き上がる。

「ついに今日のインストアライブで、最終公演なのだけど……ゆうな、『ゆらゆら★革命』としてライブをしてみて、どうだったかしら？」

「そりゃあもう、緊張しましたよぉ！　だって、らんむ先輩とのユニットなんですもん」

「……それは私に対して、緊張するという解釈でいいのかしら？」

「そうですよー。仕事にストイックならんむ先輩だから、自分も頑張んなきゃって――いい意味で緊張感がありました‼　おかげで、自分でも成長できたなぁって思います！」

「貴方、意外とズバズバ言うわね……これでも最近、周りから怖く見られないよう、気を付けているのよ？」

具体的にどこを気を付けてるんだか、気になる。

「あ、そうだ。らんむ先輩、今日はクリスマスですよっ！　ライブはもちろん楽しみですけど、クリスマスだってもう……もう‼　雪が降るといいなぁ、ホワイトクリスマス！」

「天気予報だと、今日は快晴だそうよ」

「……ぶー。降らせましょうよ、雪」

「降らせたいのなら、努力をしなさい。降雪機を作るなり、魔術的なもので雪を呼び寄せるなり――様々な手段があるでしょう?」

「……でも、そんなの今日中にマスターできないですもん。あぅ、早く準備しとけばよかったなぁ……」

ツッコミが不在すぎて、話がわけ分かんない方に向かってる。

『アリラジ』スタッフが掘田(ほった)でるを重宝する理由が、よく分かるなぁ。

「私は……アリスアイドルの頂点を目指すと誓った日から、クリスマスは決して祝わないと決めているの」

驚くほどまっすぐな声で――紫ノ宮らんむが告げた。

それに対して、和泉ゆうなが「えー!?」と声を上げる。

「クリスマスくらい楽しんだって、罰は当たらないと思いますよ? らんむ先輩が上を目指して、いつだって全力で頑張ってることは――神様もサンタさんも、知ってると思いますし!」

「ありがとう、ゆうな……けれど。たとえ神様がどう思ったとしても、私はクリスマスを祝わない。それが、この道を選んだ私自身への、けじめだから。そして、私がこの道を選んだことで――傷つけてしまった、すべての人たちのためにもね」

普段どおり、クールな表情を崩さない紫ノ宮らんむだけど。

なんだか一瞬……悲しそうな目をしたように見えたのは、気のせいだろうか？

「……まぁ。私はともかく、ゆうなも会場のみんなも――ライブとクリスマス、まとめて楽しむといいわ。永遠に忘れられないクリスマスにするけれど……覚悟はいいかしら？」

「私たちが、最高のクリスマスプレゼントを、みんなに届けちゃうよ！　だーかーら……一緒に笑お？」

「「それでは聴いてください――『ドリーミング・リボン』」」

◆

「みんな！　今日は来てくれて、どうもありがとうでしたっ‼」

「また会える日を楽しみにしているわ……ありがとうございました」

和泉ゆうなと紫ノ宮らんむが、汗を流しながら深々とおじぎをすると。

会場中から一斉に、拍手が沸き起こった。

「すげぇ……すげぇよらんむ様ぁぁぁぁ‼」

ハイになって、絶叫してるマサ。

「結ちゃん……めっちゃ良かった。本当に……凄すぎだって……」

俯いて、感動のあまりぼろぼろと泣き崩れてる二原さん。

――そんな二人のそばで、俺も涙腺が緩んでいく。

それくらい胸を揺さぶる、まさにインストアライブの集大成にふさわしい……素晴らしいパフォーマンスだったと思う。

「みんなのクリスマスが……いっぱい、素敵なものになりますようにっ‼」

ステージの上で大きく手を広げて、とびっきりの笑顔でもって、和泉ゆうなが言った。

その無邪気で純粋な姿が……普段の結花と重なって。

俺はなんだか、胸が温かくなるのを感じたんだ。

☆今日はとっても、素敵な日だから☆

ふわぁ……緊張したぁ！

でも、最終公演も無事に終わって……本当よかったぁ。

楽屋に戻った途端、私は気が抜けちゃって、べたんって机に突っ伏しました。

もう完全に、エネルギー切れでーす。

「……ゆうな。さっきはごめんなさいね」

そんな感じで、机にほっぺを当てて、ふにゅーってしてたら。

鏡の前に立ってるらんむ先輩が、ぽつりと言いました。

「え？　なんの話ですか、らんむ先輩？」

「ステージの話よ。クリスマスの話題……確かにらんむはクールな子だから、大きくキャラクターからブレたわけではないけれど。それにしても、私事を話しすぎたわ。少し空気を重たくしてしまったし……私もまだまだだね」

「いやいや、そんな！　会場も盛り上がってましたし、全然問題ないですよ‼　あれで反省されちゃったら、私なんて何回反省しなきゃいけないんだって話ですし！」

「……ふふ。ありがとう、ゆうな」

なんとか分かってもらおうと、身振り手振りしながら伝えていたら——らんむ先輩は、苦笑を漏らした。

そして、じっと私の目を見て——言ったんです。

「さっきの言葉は、私の本心よ。かつてトップモデルだった真伽ケイに憧れて——私は、他のすべてを捨ててでも、夢を叶えると誓った。だから、自分への戒めとしても、私が夢のために犠牲にした誰かのためにも……私はクリスマスを祝わないって、決めている」

——犠牲にした、ですか。

ストイックすぎるらんむ先輩の生き方は、私とは全然違うから。

あんまり偉そうなこと、言えないんですけど……。

「そんなに何もかも、自分で背負おうって……思わないでください」

…………だけど、どうしても思いを止められなくって。

「らんむ先輩はただ、一途なだけなんだと思いますよ。アイドルっていう夢に全部を賭ける——それだけこの夢に、一途なんです。私は……優柔不断だから。家族も友達もファンも大切で、どれかひとつになんて決められないんですけどね？」

だから、自分を締め付けないでほしいんです。

抱え込まないでほしいんです。

「一途に好きな相手がいる人が、違う誰かに告白されて断っても——『犠牲にした』なんて、言わないじゃないですか。フラれた方は、そりゃあショックを受けると思います。すっごく凹むかもです。だけど……その人だっていつか、違う恋とか夢を見つけたとき——『失恋』は想い出に変わるはずだから。だから、えっと……」

あぅ……なんか、自分で分かんなくなってきちゃった。

難しいこと言おうとするからだよ、私ってば。

「ありがとう、ゆうな——久しぶりに、少し胸が軽くなったわ」

あちゃーってなってる私のことを見つめて——らんむ先輩が笑いました。

穏やかで優しい、見てるこっちの心が柔らかくなるような……そんな微笑み。

「ゆうな。貴方は貴方らしく、大切なものすべてを抱いて、輝きなさい。それから、そうね……『弟』さんとのクリスマスが、素敵なものになることを——願っているわ」

「ふぇ⁉　な、なんで私が『弟』とクリスマスを過ごすって、分かったんですか⁉」

「……分かるわよ。貴方の目を見ていれば、ね」

　そんな会話をしてたら——楽屋の扉をノックして、久留実さんが入ってきました。

「お疲れさま、二人とも！　今日のライブ、過去最高だったわよ‼　もうほんっとうに、感動したんだから！」

　久留実さんが両腕をぶんぶんしながら、ハイテンションに言ってくれます。

　ふへへー。そんなに褒められたら、照れちゃいますよぉ。

「いや、ほんとお疲れー。二人とも、凄かったじゃん」

　そして久留実さんの後ろから、もう一人——お土産袋を片手に持った掘田さんが、ひょこっと顔を出しました。

「あ、掘田さんだ！　お疲れさまですっ！」

「掘田さん。観に来てくれたんですね」

「だって、しょっちゅう『ゆら革』のMCに呼ばれるんだもの。二人がどれだけ頑張ってるか、観ておかないとでしょ。っていうか、なんで毎度わたしなのさ、くるみん？」

「わたしがキャスティングしてるわけじゃないからなぁ。でもまぁ、でるのトーク力が評価されてるってことでさ?」

「なんか微妙に嬉しくない評価だわぁ……」

久留実さんと雑談を交わしながら楽屋に入ると、掘田さんはお土産袋の中から、おいしそうなマカロンセットを出してくれました。

「わぁ、おいしそうですね! 疲れた身体に、甘いものが染み渡りそうっ」

「わざわざありがとうございます。いつもMCを引き受けてくださっているだけでも感謝しなければいけないのに、差し入れまで……」

「あー、いやまぁね? MCするのはいいわけよ、わたしだって仕事は多い方がいいし。二人がもうちょーっと……自重して喋ってさえ、くれればね?」

はい、すみません。

できるかどうか分かんないですけど、善処します。できるだけ。

そして掘田さんは、私とらんむ先輩を交互に見ながら、こほんと咳払いしました。

「それはそれとして――あんたたち二人は、事務所の後輩なわけだし。わたしなりに、可愛がってるつもりだからさ……晴れ舞台が終わったあとくらい、ちゃんとお祝いしてあげたかっただけ!」

「でるは本当、人情味溢れる性格よね。『アリステ』だと、石油を溢れさせてるけど」

「くるみん、そういうの言わないでくれる⁉」

「あ。掘田さん、顔が赤くなってますよ？」

「ゆうな。それは掘田さんが、照れているからよ。そういうところを見られるのが恥ずかしい性格なのだから、あまり指摘してはいけないわ」

「あんたの発言の方が、よっぽどたちが悪いからね⁉　らんむ‼」

「……もちろん、分かっていてやっていますけれども？」

「〜〜〜あーもぉ！」

掘田さんがぐしゃぐしゃっと頭を掻いて、ぷいっとそっぽを向きました。

先輩なのに申し訳ないですけど……可愛いぃぃぃ。

ツンデレっぽい感じとか、照れ隠しに怒っちゃう感じとか、もう最高……リアルに萌えキャラが具現化したみたい。好き、掘田さん……。

……あ。ツンデレさんといえば。

那由ちゃん、おうちで楽しみに待っててくれてるかな？

――小学生の頃、学校でもおうちでも辛いことを経験した那由ちゃん。

私も中学の頃、引きこもってたことがあったから……なんとなく分かるんだ。

そんなときに支えてくれた大切な人とか物って、自分の心の真ん中に、ずーっと残ってるんだってこと。

私の真ん中に、『恋する死神』さんが——遊くんがいるように。

那由ちゃんの真ん中には、家族との——大事なクリスマスの想い出があるんだと思う。

私と勇海も、家族として一緒に盛り上げるね。

勇海が余計な悪さしたら、ちゃんとお説教するからね？

「……どうしたの、ゆうな？ 時計を何度も見て」

「え⁉ いえ、なんでもないですよ？」

さっすがらんむ先輩……周りをよく見てるなぁ。

遊くんとの待ち合わせまで、あと一時間。

ふふふ……遊園地デートでいっぱいドキドキさせて、もう腰を抜かすくらいのプレゼントを渡して、いーっぱい楽しませちゃうもんね！

それからおうちに帰ったら——みんなで素敵な、クリスマスパーティーだっ♪

第16話　【朗報】俺と許嫁、初めてのクリスマスデートを満喫する

『倉井には、うまいこと言っといたから！　聖なる夜を楽しんどいで‼　あ、ちな……うちからのクリスマスプレゼントは、ぱふぱふでどーよ？』

ありがたい話と、反応に困る話が、同時にRINEで送られてきた。

俺は少し悩んでから『ありがとう』とだけ返したんだけど……まさか、ぱふぱふの方に『ありがとう』が掛かってるとか勘違いしないよね？　さすがの二原さんでも。

——インストアライブが終わって、しばらく経ったところで。

二原さんの力を借りつつ、俺はマサと別行動に移った。

東京会場から少し歩いたところにある、遊園地。

待ち合わせまで時間があるので……俺は入場ゲート近くの柱に背中を預けると、『アリステ』のガチャを回しはじめた。

「……おっ⁉」

そのとき——俺に神が降り立った。

現在開催中のイベントは『アリスサンタのハッピーメリークリスマス！』――各アリスアイドルがサンタコスをしてるカードが出現するんだけど。

なんと俺は一発で……『ゆうな　ＳＲ　待ち合わせにサンタコス⁉』を引き当てた。

しかも今回は、各カードにクリスマス用のボイスがついてるんだぜ⁉

やべぇ！　なんだこの強運⁉　今日この場で死んでも驚かないレベルだぞ‼

冬の寒さを感じる街を背景に。

ミニスカサンタコスチュームと白のオーバーニーソックスで生み出された、絶対領域。

いつもの元気いっぱいとは違う、ちょっと頬を赤らめた、はにかみ笑いで。

ゆうなちゃんという名の女神は――こちらに向かって、両手を差し出している。

そんな彼女のボイスが、こちら。

『えへへっ、びっくりした？　ゆうなサンタが、やって来たよ！　……え、プレゼントはどこかって？　ほら、よく見てよ……プレゼントなら、ここにいるでしょ？』

「ううう……ぐっ……！　うぉぉ……っ‼」

人前だから、どうにか奇声を上げそうになるのを堪えたけど。

感情が爆発しそうだった。好きという言葉以外、記憶からぶっ飛びそうになった。

それくらい――今回のゆうなちゃんの破壊力は、桁違いだと思う。

「あ、遊くんだ！　遊くーん‼」

スマホの画面に釘付けになっていると……遠くから結花の声が聞こえてきた。

気を取り直して、結花の方を見ようとしたところで――俺はハッとなって。

慌ててギュッと目を瞑った。

「……あれ？　なんで目を瞑ってんの、遊くん？」

「……見たら死ぬ」

「何それ⁉　私は呪いの人形じゃないよ⁉」

そんな誘い水には、引っ掛からないぜ？

綿苗結花は、和泉ゆうな……ゆうなちゃんの声優だ。

だから当然、人を駄目にするこのボイスを吹き込んだのも、間違いなく結花で。

こんな破壊力のあるイベントを演じた結花が考えることなんて……ひとつしかない。

――ふむふむ……なるほど！　こういうのだと、男の子は喜ぶんだねっ‼

そう……絶対に結花は今、サンタコスで俺の目の前にいる！

そして、やたらと張りきっていたプレゼントの件は……間違いなく『プレゼントなら、ここにいるでしょ？』パターン‼

「もー、遊くーん！　こっち見てよぉ‼　今日のために、気合い入れてきたのにぃ‼」

「だから目を瞑ってるの！　気合いの入れ方が危険だから‼　二次元ならともかく、リアルの外デートにそんな格好……エロすぎるでしょ‼」

「なんでよ⁉　みんなこれくらいの格好、してるじゃんよ‼」

「みんなしてるの⁉　東京やばいな‼」

「やばいのは遊くんの妄想でしょ、もぉ‼　いいから！　目を開けてってばぁ‼」

結花にぶんぶんと腕を振り回されて、しぶしぶ目を開けると――。

そこには……おしゃれな服装をして、北海道のときと同じ厚手の白いコートを羽織った結花の姿があった。

「……あれ？　サンタコスじゃない……？　ってことは、『プレゼントなら、ここにいるでしょ？』作戦では――」

「しないよ、そんなこと！　家の中だったらやるけど、こんな公の場でやったら、ただの痴女じゃんよ‼　遊くんのばーか！」

家ではやるんだ……とか思ったけど、結花が頬をめちゃくちゃ膨らませてるから、その言葉は呑み込んだ。

ぷんすかしてる結花に、俺はとにかく平謝り。

「せっかくのデート前なのにー。もー怒っちゃったもんねーだっ」

「ごめんなさい。完全にこっちが悪いです」

「あーあ。おこが止まんないなー。好きって言われたら直るかもなー」

「えっと……好きです。お許しください、好きですので」

「──ふへっ。ふへへへへ‼　よいです、許しましょう！」

好きって言葉を聞いた途端、結花はころっと笑顔になって。

腕をギュッと絡めてくると、遊園地に向かって歩き出した。

「遊くんとデート♪　すってきなデート♪　クリスマスにー、楽しいデートだよー♪」

「もう、調子いいんだから……それじゃあまずは、どこから回ろうか？　確か入場口で、無料マップを配ってたような……」

「待って、遊くん！　違うの‼」

「……………はい？」

なんかビシッと、左手を突き出してきてるけど……何が違うというのか。

反応に困ってると、結花がキリッとした顔で言った。

「今日のデートは、私がエスコートしますっ！　だから遊くんは、私にすべてを任せてくださいっ‼」

「え……結花がそんなに張りきってると、逆に不安なんだけど……」

「なんで⁉　――とにかく！　大好きな人と過ごす、初めてのクリスマスだから……ロマンチックで楽しくって、二人とも幸せになれて、お互いをもっと好きになれるような――そんな最高のプランを練ってきたの‼」

「尋常じゃなくハードル上げたけど、大丈夫それ⁉」

「あ。遊園地のデートコースはもちろんなんだけど……約束してたプレゼント交換、あるじゃん？　それはもう、今日のメインイベントだから……一番盛り上がるタイミングを、ばっちり考えてますっ！　私がちゃんと切り出すから、ドキドキしながら待っててね？」

ハードルが大気圏を突破しちゃって、もう見えない。

期待をぶち上げまくってて、聞いてるこっちが怖くなるくらいだわ。

当の結花本人は、分かってないんだか気にしてないんだか、いつも以上にニコニコしてるけど。

そして結花は、はしゃぎながら左腕を振り上げ、言った。

「よーっし！　それじゃあクリスマス計画、第二章――ラブラブ遊園地デートに、しゅっぱーつ‼」

◆

遊園地といえば、ジェットコースターにコーヒーカップ、お化け屋敷(やしき)やらメリーゴーラウンドやら、色々あるけど。

結花が最初に選んだのは――観覧車だった。

……マンガやアニメの知識しかないけど、なんとなく観覧車って、デートの終盤に乗るイメージなんだけどな。

まぁ、企画者本人がスマイル全開で鼻唄を歌って楽しそうにしてるから、かまわないけどさ。

「遊くん！　ふへへ……今日のメインイベント、観覧車だよっ！」

「えっ、メインイベントなの⁉　早くない⁉」

「ちなみにジェットコースターもコーヒーカップも、全部ぜーんぶメインですっ！」

メインだらけのフルコースだな……。

そんな他愛ない会話を交わしつつ、俺と結花は向かい合う形で、観覧車に乗り込んだ。

ゴトゴトと小さく揺れながら、ゆっくり上がっていく観覧車。

「あーあ。今日はすっごく天気がいいよねー……やっぱり雪、降らなそうだなぁ」

「そんなに雪が降ってほしかったの、結花は？」

「……だって、どうせならホワイトクリスマスの方が、ロマンチックじゃんよ」

なぜかジト目で睨んでくる結花。

そんな夢見る乙女な結花を見てたら、俺は思わず噴き出してしまった。

「あー、ひどーい！　笑わないでよー、ばかにしてー‼」

「馬鹿にはしてないって。ただ……そうだね。どうせならその方が、もっと楽しかったかもなって思っただけだよ」

「ほんとかなぁ？　……むー」

そう言いつつ、疑うような目で俺をじっと見つめたかと思うと――結花も同じく、噴き出した。

そんな結花を見てたら、俺もますます笑えてきて。

少しずつ上がっていく観覧車の中で、俺たちはひとしきり笑いあった。

「あははっ。やっぱり遊くんといると、いつも楽しいね！」

「それはこっちのセリフだよ。結花が天然だから、いつも笑わされちゃうんだもの」

「……ホワイトクリスマスだったら、もっと素敵だったなぁとは思うけど……でもね？」

急に声のボリュームを落としたかと思うと。

結花は俯きがちに俺を見ながら――にへっと笑って、言った。

「生まれて初めて、大好きな人とクリスマスを一緒に過ごせたから。それだけでもう、嬉しくて仕方ないんだ。一緒にいてくれて、ありがとう……遊くん」

「う、うん……こちらこそ、ありがとう……」

あまりに澄んだ瞳で見つめてくるもんだから。

俺は慌てて顔を背けて、観覧車の外に視線をやった。

まだ十八時前だけど、十二月の夜はすっかり陽が落ちて、空は真っ暗。

だからこそなんだろうけど……窓から見下ろす街並みは、無数の光が乱反射していて。

まるでキラキラした宝石みたいに――輝いて見えたんだ。

そんな夜景に見とれていた俺は、ふっと結花に向かって言った。

「綺麗だね、結花」

「ふぇ!?　あ、あうぅ……ありがとぅ、ごじゃいます……」

「えっ？」

結花が顔を真っ赤にしてるのを見て、俺はハッと気付いた。

綺麗だね、結花――って、夜景の話として伝わってないな⁉

なんか唐突にキザなセリフ吐いた奴みたいで、めちゃくちゃ恥ずかしい……。

今度から主語を省略しないよう気を付けよう……。

そんな一人反省会をしてる俺のことを、上目遣いに見つめて。

とろんとした瞳のまま――結花が言った。

「……ゆ、遊くんも……格好いーよ？　あと、可愛いし。癒されるし。見てるだけでドキドキするし……好き。大好き。あー好き……だーいすき」

……耳と脳と心臓が、一斉に壊れるかと思った。

っていうかまだ、心臓がバクバク鳴ってるし。

やば……ちょっと落ち着こうにも、観覧車の中だから絶対に結花が視界に入る……。

「ねぇ、遊くん……そっち行っても、いーい？」

「え⁉　いやいや！　片側に二人乗ったら、重心が傾いて観覧車が落ちちゃうかも⁉」

「あはは。そんなわけないじゃんよー。恋人同士はみんな……隣に座ってイチャイチャするって、マンガで読んだもんね」

そして結花は――俺の隣に移動すると、ギューッと抱きついてきた。

さらさらの黒髪がふわっと揺れて、俺の鼻孔をくすぐる。

俺の胸元あたりに顔を埋めて、「ふにゅ……」って可愛い声を出す結花。

爆死するんじゃないかってほど、鼓動がめちゃくちゃ速くなるのを感じる。

「……遊くん、ドキドキしてくれてる。うれしー……」

鼓動音が伝わったのか、結花は甘えるように、俺の胸に頰をすりすりしてくる。

今度は違うところが爆発しそうなんですけど……。

「……幸せ。こんなに幸せでいいのかなってくらい……遊くんが好きなの」

そんな俺の気など知らず、結花はさらなる追撃を仕掛けてくる。

「好きです……すっごくすっごく、大好きです。一緒にいてくれて嬉しいです。いっぱい二人で笑えて、毎日が楽しいです。遊くんのことが好きすぎて、おかしくなっちゃいそうで……こんなの、生まれて初めてなの」

ドクンドクンと、心臓の鼓動がさらに勢いを増していく。

気付けば観覧車は、ちょうど天頂に到達するところだった。

――――ふっと結花が、顔を上げた。

耳まで真っ赤になるくらい、とろけた表情をして。

ギュッと、結花が俺の背中に手を回した。

これって……あれか。

マンガでよく見る、観覧車のてっぺんで――キ、キスをする的な？

「遊くん……」

「ゆ、結花……」

結花の甘い匂いに。胸をくすぐるような声に。まっすぐで綺麗な瞳に。

俺は我慢できなくなって――結花のことを、ギュッと抱き締めた。

「……ん」

結花が呻くように声を上げる。

その声がさらに、俺の中の何かを刺激する。

……そして結花は、そっと背筋を伸ばして。

ゆっくりと、顔を近づけてきたかと思うと。

――ちゅっ、と。

俺の右頰に、柔らかくて温かいものが触れた。

「……あれ？」

「……期待してくれたの？　でも、まだデートははじまったばっかだから――こっちはおあずけだよ」

真っ赤な顔のまま、結花は人差し指でちょんっと、俺の唇を触った。

そして、屈託のない笑顔を向けてくる結花。

なんなの、結花は……男心をくすぐるの、うまくなりすぎじゃない？

こんなことを、これからしょっちゅうされるのかって思ったら。

――正直、心臓のスペアが欲しくなる。本当に。

◆

永遠にも感じられた、観覧車の時間が終わると。

結花は俺の手を引いて、楽しそうに歩きはじめる。

「よーし、それじゃあ次に行こー‼　今度はねぇ――」

「――ん？　結花、ちょっと待って……電話だ」

ポケットの中で振動するスマホには、勇海（いさみ）からのＲＩＮＥ電話の通知。

そういえば、ちょうど家に勇海が着く予定くらいの時間だな。

どうしたんだろ……ひょっとして、那由に閉め出しでも食らったかな？

「もしもし、どうした勇——」

『遊にいさん、大変なんです！　那由ちゃんが、熱を出してて……』

『なんで電話すんのさ！　切ってよ、勇海‼』

『ちょっ……那由ちゃん落ち着いて！　そんなに動いたら、熱が上が……』

『だったら余計なことすんなし！　兄さん、ぜって－帰ってくんな‼』

——ガチャッ。

電話口の向こうから大騒ぎが聞こえてきたかと思ったら、急に電話が切れた。

「遊くん？　どうしたの？　勇海、なんだって？」

結花が心配そうに見てくるけど……頭の中がぐちゃぐちゃで、何も言葉が出てこない。

那由が熱？　家を出るときには何もなかったのに？

それに、なんであいつ……こんな状況で、帰ってくんなとか言ってるんだ？

分からないことだらけのクリスマスに——冷たい夜風が、吹き抜けていった。

第17話　【炎上】聖夜に帰宅したら、とんでもないことになった

――遊にいさん、大変なんです！

――那由ちゃんが、熱を出してて……。

「――え、那由ちゃんが⁉　大変じゃんよ、遊くん‼」

「……ああ」

勇海からの電話の概要を伝えたら、結花は血の気が引いたように真っ青になる。

きっと俺も、同じくらい表情が硬くなってんだろうな。

壊れそうなほど強くスマホを握り締めると、俺はグッと脚に力を込めた。

――――――だけど。

「え？　どうしたの遊くん？」

俺は走り出せなかった。

当然、那由のことは心配だ。

あんな生意気な奴だけど、俺にとって――たった一人の、大事な妹なんだから。

でも……あんなに無邪気な顔で、デートプランを語っていた結花のことを思うと。

胸がズキリと痛んでしまって――。


「――怒るよ、遊くん？」


今まで聞いたことないくらい低い声で、結花は言うと。

躊躇(ちゅうちょ)してる俺の手を、ぐいっと思いっきり引っ張った。

「遊くん！　私とのデートなんて、いいから！　早く那由ちゃんのところに行こ？　私たちの――大切な『妹』のところに‼」


遊園地を出た俺たちは、電車に飛び乗って。

最寄り駅に着いたら、全力疾走して――家まで帰ってきた。

額から流れ落ちる汗。

あまりに全力で走ったもんだから、結花は玄関のところで、膝に手をついて呼吸を整えている。

「結花、先に行くね！」

申し訳ないけど、俺はスニーカーを脱ぎ捨てると、一人で階段を駆け上がった。

そして開けっぱなしになってる那由の部屋に——勢いよく飛び込む。

「那由！　大丈夫か⁉」

「ゆ、遊にいさん！　ごめんなさい、僕……柄にもなく、焦って電話してしまって」

「なに言ってんだよ。助かったよ……ありがとな、勇海」

男装スタイルのまま、しょげなくてもいいって。

勇海の肩をぽんっと叩いてから、俺は——那由のベッドのそばに寄った。

パジャマ姿で。

氷枕を頭の下に置いて。

那由はだるそうに、寝転がっている。

「……すげぇ調子悪そうじゃないかよ。那由、大丈——」

「……なんで、帰ってきたわけ？」

少し息苦しそうに、那由は上体を起こすと。

未だかつてないくらいの眼力で——俺を睨みつけてきた。

熱のせいだろうか、その目尻には——涙が滲んでるように見える。

「なんでって。そりゃお前が熱を出したって聞いたから……」

「馬鹿じゃないの!? 帰ってくんなって、言ったのに!!」

叫ぶようにそう言って、那由は氷枕をぶん投げてきた。

べしゃっと、俺の脚に氷枕が当たって、カーペットの上に落ちた。

「……言ったっしょ？ あたしはいいから、二人のデートを優先しなって！ あたしのことはおまけでいいからって!! ふざけんなし、マジで……なんのために、あたしが体調悪いの隠してたと――!!」

言い掛けたところで、那由はハッとなって、自分の口を手で塞いだ。

そして……肩を震わせながら、その場で俯く。

「……那由。お前まさか、朝から熱があったのか……？」

「――っ！ うっさい……うっさいんだよ、馬鹿!!」

感情的になった那由は、ベッドの横に置いてあった小さな黒いバッグを肩に掛けると、勢いよく立ち上がった。

「な、那由ちゃん!? 待ちなよ、熱があるんだよ!?」

「うっさい、放っといてよ！」

止めようとした勇海を、バッグを振り回して遠ざけると。

那由はパジャマ姿のまま――階段を駆け下りていった。

「――きゃっ⁉　え……那由ちゃん⁉　どこ行くの⁉　待ってよ！」

一階から、結花が声を張り上げるのが聞こえた。

俺と勇海が急いで階段をおりると……廊下にへたり込んでる結花がいた。

「……ごめん、遊くん。那由ちゃん、すっごい勢いで……止められなくって……」

「大丈夫。気にしないで、結花」

落ち込んでる結花の頭を軽く撫でてから。

俺は雑にスニーカーを履いて、我が家を飛び出した。

冬の夜の空気が、汗の引いてきた身体を一気に冷やして、ぞくっと震えてしまう。

「あの馬鹿……どこに行ったんだよ？　こんな寒い中、熱まであるってのに……」

苛立ちとか焦りとか、色んな感情が、頭の中をごちゃごちゃ巡っていく。

自分でも、自分の気持ちが分からない。

分からないけど、ただ――早く那由を見つけなきゃって。

その思いだけで、俺は走り出そうとする。

「ゆ、ゆう……くん……っ！」

――そんな俺の後ろから、結花のか細い声が聞こえてきた。

振り返ると、ぜぇぜぇと荒い呼吸で走ってくる、結花の姿があった。

俺は慌てて駆け寄ると、結花の身体を抱きとめた。

「結花、大丈夫!? 無理しないで」

「う……うん……だいじょーぶ」

どう見ても大丈夫じゃないでしょ……いつも無茶するんだから、結花は。

「……那由ちゃんを捜しに行くんなら、私も行く。勇海には、帰ってきたときのパーティーの準備をお願いしておいたから――早く那由ちゃんを見つけて、クリスマスパーティーしようね？」

こんな状況だってのに、呑気(のんき)なことを言って。

いつもと変わらない、満面の笑みを浮かべる結花。

そんな結花を見ていたら……すっと自分の頭が、冷静になっていくのを感じた。

「でね？ 捜しに行くのに……これだけ、渡しておきたくって」

そう言って結花は、右手に持っていた紙袋から――あまり手慣れてない感じの包装がしてある『何か』を取り出した。

「――え？ 結花、それ……ひょっとして、クリスマスプレゼントなんじゃ……」

――クリスマスといえばプレゼント交換！　絶対しようね、遊くん‼

――一番盛り上がるタイミングを、ばっちり考えてますっ！

プレゼント交換を、めちゃくちゃ楽しみにしていた結花の姿が、頭の中を巡っていくそばで。

結花は躊躇することなく――ビリビリッと、包装紙を破いた。

多分だけど、結花が自分で包装したんだと思われる、そのプレゼントは――。

手編みの、手袋だった。

「えへへっ、びっくりした？　遊くんに見つからないように手袋を編むの、大変だったんだからね？」

「……なんで？　だって結花……あんなにプレゼント交換を、楽しみにしてたのに……」

「だって、こんな寒い中で那由ちゃんを捜すんだもん。ここで使ってもらわないと、せっかくの手袋がもったいないじゃんよ」

後悔も落胆も一切ない――まるで夜空に輝く星みたいに、綺麗な笑顔で。

結花はそっと俺の手を取り、手編みの手袋を渡して……言ったんだ。

「それにね？　デートとかロマンチックとか、そんなことより——家族の方が、ずっと大事に決まってるでしょ」

◆

結花にもらった、手編みの手袋を身につけて。

俺は結花と二人並んで、いつもの通学路を走って、交差点のところまで出た。

道が枝分かれしてるけど、那由の奴……どっちに行った？

「……ん？　おお、遊一じゃねーか。こんな時間に、何してんだ？」

そうして逡巡していると、聞き覚えのある声とともに、ラフな格好の男子がこっちに向かって手を振ってきた。

——マサじゃねぇか。なんでこんなとこに？

「見ろよ、この大量のマンガ！　ずっと買いたいって思ってたシリーズなんだけどよ、思いきってまとめ買いしたぜ‼　どうせクリスマスもぼっちだからな……全巻一気読みしてやろうって——ん？」

呑気な調子で喋（しゃべ）ってたマサは、ふいに……俺の隣に女子がいることに気が付いた。

眼鏡もしてないし髪型も違うから、さすがに綿苗（わたなえ）結花だとは思ってないみたいだけど。

「え……だ、誰？　クリスマスに、遊一が女子と一緒……？　ま、まさかお前、三次元の彼女が――」

「――倉井（くらい）くん！　今はそんなの、どうでもいいから!!」

動揺してるマサに向かって……俺より先に結花が、声を上げた。

「それより那由ちゃん！　倉井くん、那由ちゃんのこと見なかった!?」

「那由ちゃん……あ、さっきのって那由ちゃんか！　パジャマのまま、すごい勢いであっちに走って――」

「あっちだね！　ありがとう倉井くん!!」

「あ、はい……っていうかなんで、俺の名前を知ってるの？」

「…………はて？」

だから、そんなんじゃ誤魔化せないんだってば。

まぁいいや……取りあえず今は、那由を見つける方が先だ。

「マサ、ありがとな！　今度また説明するから!!」

「え、お、おい遊一!?　なんだよ気になるじゃねぇか！　説明してから行けよぉぉ!!」

心の中で「ごめんな」ってマサに謝りつつ。

俺と結花は同時に――マサに教えてもらった方向に走り出した。

「……やっちゃったなぁ。焦ってたから、普通に話し掛けちゃった」

隣に並んで走ってる結花が、反省したようにぼやく。

そんな結花をちらっと見て、俺は笑った。

「学校で練習した成果が出たんじゃない？　友達とスムーズに話せるようになろうって、頑張ってたし」

「えー……スムーズだったかなぁ？　知らない女の人が、急に質問してくるとか、普通にホラーじゃない？」

不満げにそう言いつつも……結花もまた、ぷっと噴き出した。

それからふっと、結花は目を細める。

「……那由ちゃんはさ。きっと、私たちの邪魔をしたくなかったんだよね。遊くんのことも、私のことも、大切に思ってくれてるから……優しいよね、那由ちゃんって」

「……どうだかな。どっちにしても、帰ったらお説教だけど」

「泣いてる那由ちゃんを、笑顔にできるのは――遊くんだけだと思うんだ」

息を切らしながら、それでも結花は、俺に話し掛け続ける。

「小学校で辛かったときも、家のことで辛かったときも——那由ちゃんのそばには、いつだってお兄ちゃんがいた。それがきっと、那由ちゃんの心をずっと支えてきたと思うから……遊くん、那由ちゃんをお願いします」

「——今日は俺が頑張る番、ってことだな」

結花の言葉に、胸の奥から熱いものが込み上げてくるのを感じた。

小学校の頃——部屋の中で布団をかぶって、泣いていた那由。

あのときのように、俺は……あいつの涙を、止めてあげることができるんだろうか？

……いや、違うな。

できるか、じゃない。全力でやってみせるよ。

いつだって結花が、全力で頑張ってるみたいに——俺だって。

結花が作ってくれた、手編みの手袋が、包んでくれてるから。

手のひらが温かい。

「遊くんが頑張るのを、私は全力で……支えるからね。遊くんの代わりにはなれないけど、最後まで絶対に——遊くんのそばから、離れないからね」

そして結花は、手袋の上から俺の手を握って。

にっこりと——咲き誇る花みたいに、笑って言ったんだ。

「……だって。『夫』が頑張ってるときに、一緒に頑張れないようじゃ——『妻』だなんて、とても言えないじゃんよ？」

◆

「……ここで分かれ道か」

マサに教えてもらった道を走ってきたけど、今のところ那由の姿は見当たらない。

そこにきて、この分かれ道……どっちに行ったんだ、あいつ。

「分かれて捜そう、遊くん！」

「ああ。俺はこっちに行くから、そっちを頼んだよ結花。もし那由を見つけたときは、連絡して」

「うん！　よーっし、那由ちゃーん……絶対見つけちゃうから、待っててね‼」

そして俺と結花は、二手に分かれて那由を捜しはじめた。

俺の選んだ道はマンションが建ち並んでいて、この時間帯はびっくりするほど人通りがない。

大きめのマンション。ちょっと古びた小さめのマンション。

平凡な街並みが、俺の横を通り過ぎていく。

そんなとき……ふいに。

マンションとマンションの間にぽつんとある、小さな公園が視界に飛び込んできた。

昼間はきっと、ここで子どもたちが遊んでるんだろうな。

「………ん？」

すると——ブランコの揺れるような音が、聞こえた気がした。

気のせいかな、と思いつつも。

俺はなんとなく、公園の前で足を止めた。

そしてそのまま、園内へと歩を進める。

すべり台と砂場とブランコくらいしか遊具がない、本当に小さな公園。

そんなこぢんまりした公園の、年季の入ったブランコに。

一人の少女が、俯(うつむ)いたまま——腰掛けている。

その少女は、腰元まである長い黒髪をしていた。

下を向いてるから分かりづらいけど、前髪とその両サイドがぱっつんに切り揃えられた……いわゆる姫カット。

服装は、おとぎ話に出てきそうなふわっと膨らんだスカートと、襟元にフリルのついたブラウス。

髪型も服装も、可愛いに全振りしたような格好で……とてもじゃないけど、夜の公園には似つかわしくない。

冬の夜の暗さも相まって。

ひょっとして、本物の幽霊なんじゃないかって——思ってしまうほどだ。

「…………」

そんな不思議な空間で、俺はゆっくりとブランコの方に近づいていく。

そして、その『幽霊少女』に——声を掛けた。

「ねぇ、君……こんな寒いところにいたら、風邪引くよ？」

第18話　どんなに寒い夜だって、みんなでいれば温かいって知ったから

ギコギコと、揺らすたびに嫌な音のする、年季の入ったブランコが二つ。

その片方に腰を掛けると、俺はふっと……隣のブランコを揺らしてる少女に、視線を向けた。

腰元まである、長い黒髪。

前髪と両サイドをまっすぐ切り揃えた、姫カット。

そしてまるで、おとぎ話のお姫さまみたいな、女子っぽさ全開の服装。

そう、彼女は——こんな遅い時間に、ぽつんと一人で公園にいた『幽霊少女』。

「なぁ……もう一回言うけど。こんな寒いところにいたら、風邪引くよ？」

「……風邪引いたって、いいもん」

駄々をこねる子どもみたいに、彼女は小声で呟（つぶや）いた。

「君がよくても、家族は心配なんじゃない？　君が体調を悪くしたら」

「……そうかもしれないね。こんな悪い子なのに、家族はいつも優しいから」

「悪い子って？」

「……わたしばっかり、色んなものをもらってるんだよ。物とかじゃなくって、楽しいこととか嬉しいこととか――そういうのを。だけどわたしは、何もお返しできてないの。それどころか……迷惑ばっかり、掛けちゃってる」

「お返しをしようなんて、随分優しいんだな」

「……普通だよ。思ってもできてないんだから、むしろ駄目な子」

「そんなことはないと思うけど。うちの妹なんか、クリスマスに土地買えだとか、無茶なこと言ってきてたからな……爪の垢でも煎じて呑ませてやりたい」

　那由はいつだってそうだ。

　俺に対して、つっけんどんな態度ばっかり取ってきて。

　変ないたずらを仕掛けては、大騒ぎを巻き起こして。

　まったく――とんでもない妹だよ、あいつは。

「そんな傍若無人な妹なんだけどさ。なんかここ最近……気持ち悪いくらい、遠慮ばっかりしてるんだ。クリスマスが近づいてきた頃からなんだけど」

「……そうなんだね。何か思い当たること、ないの？」

「そうだな。強いて言うなら……許嫁（いいなずけ）ができたこと、くらい？」

「……それって結構、大きな出来事なんじゃない？　お兄ちゃんに許嫁ができたら……妹だったら、色んなことを考えると思うもん」

「たとえば、どんなことを？」

俺が何気なく問い掛けると、彼女はしばらく黙り込んだ。

それから、しばらくすると――独り言（ひとりご）ちるように言った。

「おめでとうって、喜ぶ気持ち。幸せになってほしいって、願う気持ち。でも自分にもかまってほしいなって、嫉妬する気持ち。それから…………もう自分だけのお兄ちゃんじゃないんだって、寂しい気持ち」

「――そうなんだね」

彼女の言葉は、思いのほか……胸の奥の方を刺激して。

俺はぐっと、歯噛（はが）みした。

「俺さ、あいつが小さかった頃に……クリスマスは家族で一緒に過ごそうって、約束したんだよ。だから今年も、俺はあいつと――クリスマスを過ごしてやりたかった」

「……優しいお兄ちゃんなんだね」

「だけどあいつ、今日に限って体調を崩しちゃって。だからデートを切り上げて、急いで帰ったんだけど……それを見て、泣きながら怒って。家を飛び出していった」

「……そっか。随分とわがままな妹さんだね」

消え入りそうな、切ない声。

そんな彼女をちらっと見て、俺は尋ねる。

「なぁ、妹が家を飛び出したのは――さっき君が言ってた、どの気持ちなんだと思う？」

「……全部じゃないかな」

「全部？」

想定してない答えだった。

驚いてる俺を尻目に、彼女は言葉を続ける。

「……素直じゃないんだと思うよ。お兄ちゃんに大切な人ができたのは嬉しいけど、やっぱりかまってほしいから、ちょっかい掛けて。だけど、一番願ってるのは……二人が、幸せになることで……だから、邪魔したく……なくって……」

話しているうちに、彼女の声が震えていくのを感じた。

だけど俺は何も言わず、彼女の言葉に耳を傾ける。

「邪魔したく、ないのに……本当は寂しいから。クリスマスを一緒に過ごそうって言われたら……嬉しくなっちゃって。本当は、邪魔になるって分かってたのに……っ！　……そんな自分が、どうしようもなく……嫌い」

「俺たちは、全然邪魔なんて思ってないし。あいつとクリスマスを一緒に過ごしたいって、思ってんのにな」

それは俺が、那由に直接言いたかった気持ち。

その言葉を聞いた彼女は——ふぅっと息を吐き出した。

「——わたしのお兄ちゃんはね。本当に優しいんだよ。昔も今も……ずっと」

——お兄ちゃん、か。

昔はそうやって、俺のことを呼んでたっけ。

髪型だって、今みたいなショートヘアじゃなくって。結花(ゆうか)と同じくらい伸ばしてて、姫カットな感じに切り揃えてて。

女の子っぽい格好が好きで。喋(しゃべ)り方も甘えたような感じで。

本当に、本当に……可愛い妹だった。

まぁ可愛い妹なことは——今も変わんないけど。

「クラスの子たちにからかわれて、自分に自信がなくなったときも……母さんがいなくなって、寂しくて辛かったときも……お兄ちゃんはいつも、わたしのそばにいてくれた。自分だって辛いはずなのに、お兄ちゃんは……いつも隣で、笑ってて……くれたんだ」

「……そんなたいした兄じゃないよ、俺は」

「そんなことない！　お兄ちゃんは優しいよ！　お兄ちゃんがいたから、わたしは今日まで……笑っていられたんだもの」

そして彼女は、ふっと顔を上げた。

その瞳からぼろぼろと、無数の涙の雫が零れ落ちていく。

「恥ずかしいから、いつも口が悪くなっちゃって、ごめんね。ときどき焼きもち焼いて、『けっ！』とか言っちゃって、ごめんね。こんな馬鹿な妹なのに、いつも大事にしてくれて……ごめんね。ありがとう」

そして『幽霊少女』は――ううん。

俺の妹、佐方那由は。

昔みたいな髪型に、昔みたいな格好のまま。

しゃくり上げるように泣きながら、言ったんだ。

「わたしは――あたしは！　兄さんのことが好きなんだよ！　いつだって、あたしを支えてくれた……ずっとずっと大好きな、兄さんなんだよ……っ‼」

その言葉に弾かれるようにして。

俺はブランコをおりると――ギュッと、那由を抱きすくめた。

小さい頃、泣き虫だった那由に……そうしていたように。

「……あたしね、嬉しかったんだよ。誕生日にさ、リモートでお祝いしてくれて。結花ちゃんって優しいよね。あたし――結花ちゃんのことも、大好き。本当に優しくて、素敵な人だから……兄さんを幸せにしてくれるって、信じてんだ」

「……そっか」

「だからクリスマスは、邪魔したくなかったんだよ。兄さんと結花ちゃん二人で、幸せに過ごしてほしかった。あたしのことなんて、いいんだよ……寂しくたって、我慢できるし。だってあたし、昔より強くなったんだから。なのに――体調崩しちゃってさ。必死に隠してたのに、結局バレて、全部台無しにしちゃって。馬鹿じゃん……あたし」

視界がなんだか、ぼやけていくのを感じた。

口元が勝手に震えてくる。

それでも俺は――必死に声を絞り出す。

「……馬鹿は俺の方だよ、那由。ごめんな――ごめん」

俺は力を緩めると、ポンッと那由の肩に手を置いて。

昔みたいに長い髪で、泣いている那由のことを、まっすぐに見つめる。

「いつの間にか、昔とキャラが変わってさ。つっけんどんで、やさぐれてて――だから、那由は強くなったんだって、勝手に思い込んでた。鈍感すぎる馬鹿な兄だよ、本当に……お前のこと、なんも見えてなかった……」

「………………やめて！」

俺の手を振りほどくと、那由は立ち上がって、俺から距離を取った。

そして、涙でぐしゃぐしゃになった顔のまま。

叫ぶように、言った。

「やめてよ、寂しくなっちゃうでしょ！　あたしはもう大丈夫だから‼　兄さんは結花ちゃんと幸せになってよ……いっぱい笑っててよ！　野々花来夢にフラれたときみたいに、父さんと母さんが離婚したときみたいに……もう、悲しい顔をしてる兄さんは……見たくないんだってば……っ！」

「——怒るよ、那由ちゃん？」

そのときだった。

まるで天使の奏（かな）でるハープみたいに……柔らかくて優しい声がしたのは。

俺と那由は、同時に声のした方を振り返った。

そこにいたのは、俺の許嫁で、那由の義理の姉——。

そう——綿苗（わたなえ）結花だった。

◆

「ゆ、結花ちゃん……」

動揺した那由は、表情を硬くして後ずさった。

そんな那由の方へと、結花はゆっくり歩いてくる。

「結花……なんでここに？」

「勇海から連絡があったの。那由ちゃんが持っていったバッグに、コスプレ衣装が入ってるから、着替えてるかも……って。それを遊くんにも伝えようと思って」

バッグにコスプレ衣装？

なんのことかと思ってブランコのそばに視線を向けると、そこには那由が持って出た小さな黒いバッグが転がっていた。

開きっぱなしのバッグには、さっきまで那由が着ていたパジャマが入ってる。

――僕からのプレゼント、コスプレ衣装なんかどうだい？

――いつもボーイッシュなイメージだけど、案外ガーリーな服装も似合うと思うな？

「……そういや勇海の奴、リモートで誕生日会したとき、そんなこと言ってたな」

で、今日うちに来るついでに、その黒いバッグに那由用の衣装を詰め込んで、プレゼントしたってわけか。

「変装用にコスプレ衣装を持って出るとか、悪知恵は相変わらずだよな……お前って」

「……それでもすぐに見つけたでしょ、兄さんは」

「昔のお前と瓜二つだったからな……っていうか、勇海はなんで、昔のお前の格好なんか知ってたんだよ？」

「知らないと思う……多分、偶然だし」

マジかよ。さすがは人気コスプレイヤー。

着る相手に一番似合う衣装を、完璧にコーディネートできてんな……。

「――引き返してきてよかったよ。おかげで、那由ちゃんが遊くんに……気持ちを伝えてるところ、聞けたもの」

「……結花ちゃん。えっと、あたしは……」

おどおどしている那由の前まで、結花は近づいた。

そして、大きく両手を広げると――。

――ふわっと、胸の中に抱き寄せた。

「え、結花ちゃん……お、怒るんじゃなかったの？」

「怒ってまーす。だーかーら……いっぱいギューの刑だよ、那由ちゃん」

冗談めかすように言って、結花はにこっと笑った。

それから、小さい子どもをあやすみたいに、那由の背中を優しく撫(な)でる。

「……那由ちゃんの、ばーか。心配するじゃんよ、もぉ。こんなに冷えちゃって……熱が上がったらどうすんの……ばか」

結花の声が、段々とかすれていく。

その肩はふるふると、小さく震えている。

だけど結花は、それでも……那由のことを、強く強く抱き締め続けた。

——そんな結花の温もりに、溶かされたように。

那由は泣きじゃくりながら、声を上げた。

「ゆうっ……結花ちゃん……っ！　ごめ……ごめんっ、ごめんなさいぃぃ……」

「んーん。私の方こそ、ごめんね。寂しい思い、いっぱいさせちゃったよね。ごめんね、……ごめん、那由ちゃん」

「ち、違う……っ！　これは、あたしの、わが……わがままでっ‼　結花ちゃんもっ……兄さんも……悪くなくてぇ……‼」

「——わがままじゃないよ。それだけは、違うから」

天まで届きそうなほど、透き通った声で……結花は言った。

「那由ちゃんが遊くんと過ごしたいって思うのは、ぜーんっぜん悪いことじゃないもん。だって大切なお兄ちゃんでしょ……那由ちゃんにとっての、遊くんは」

「だけど、せっかく二人で過ごせるクリスマスのはずだったのに……」

「もぉ！　甘く見ないでよね、那由ちゃんってば‼」

唇を尖らせて、不満げにそう言うと。

結花は人差し指を立てて、なんかドヤ顔になって。

「よーく考えてくださーい。私は遊くんが大好きです。私と遊くんは、これからずっとずーっと、毎年素敵なクリスマスを過ごします！　だから……一回くらい、ハプニングが起きたって平気なんだよ。だって来年も再来年も、もっと楽しいクリスマスが待ってるんだもん。絶対にねっ！」

なんという、子どもみたいな理屈。

だけど、そういうことを平然と言っちゃうのが――俺の許嫁、綿苗結花なんだよな。

「ってことで、那由ちゃんが気にする必要なんか、ぜーんっぜんありません！　なので、一緒に帰って――四人で楽しい、クリスマスパーティーしよ？」

「で、でも……あたしは……」

まだ躊躇している那由の背中を、ゆっくりさすりながら。

結花は、笑った。

その頬は、さっきまで泣いた分だけ、濡れているけれど。

それでも、いつもみたいに――咲き誇る花のような笑顔で、言ったんだ。

「家族じゃんよ、私たち。家族の前ではね——泣きたいときは泣いていいし、甘えたいときは甘えていいんだよ。だからね？　体調が悪かったらちゃんと言ってほしいし、寂しいときは今度から……かまえーって、言ってねっ！」

結花の言葉で、決壊したように……那由は号泣しはじめた。

——ったく、とんだクリスマスになっちゃったな。

なんて心の中で呟きながら、俺は雲ひとつない夜空を仰ぐ。

十二月末の夜は、冷え込んでるはずだってのに。

なんだか今日は、信じられないくらい——目頭が熱くて仕方ない。

ふっと……泣きじゃくる那由を抱き寄せてる結花に、視線を向けた。

慈愛に満ちた笑みを浮かべて、優しく那由を撫でるその姿と、重なって——。

——遠い昔の、母さんの姿を思い出したんだ。

第19話　【超絶朗報】俺の許嫁、ホワイトクリスマスの夢を叶える

「おかえり、那由ちゃん」

俺と結花に背中を押されて、家に入った那由を——勇海は爽やかスマイルで出迎えた。

ちなみに那由は、まだフリル付きのブラウスと、大きく膨らんだファンシーなスカートという格好をしている。姫カットのウィッグも、同じく。

そんな普段とは違う格好の那由だけど、勇海はそこには触れず、普通の質問をした。

「熱はどう？　結花が用意した料理がたくさんあるけど……食べられるかな？」

「……うん。なんか外を走り回ってたら、熱下がった……」

確かにおでこを触った感じ、もう熱くないんだよな。

咳とかもないし……ひょっとして、知恵熱的なものだったとか？

いつも傍若無人な那由が珍しく、俺と結花のことでずっと気を揉んでたわけだし。可能性としてはなくもない。

「まぁ、ひとまず元気になったんなら良かったよ。明日は日曜だから病院やってないし、様子見てまた熱が上がったら、休日外来にでも行くぞ」

「大げさだし……でも、うん。分かったよ」

「あははっ！　なんだかいつもの那由ちゃんじゃないみたいだね。小さくなっちゃって」

「もぉ、勇海ってば！　那由ちゃんをからかわないのっ‼」

「からかってないよ、結花。ただ……那由ちゃんの気持ち、なんとなく分かるからね」

勇海は目元に手を当てると——感傷に浸るように、言った。

「僕は文化祭のとき、結花が心配で仕方なかった。昔みたいに傷つくようなことをしないで、笑っていてほしかったから。だから——那由ちゃんが二人に、クリスマスを楽しんでほしいって思った気持ち……分かるよ」

「……勇海」

勇海と那由は見つめ合って——ふっと、同時に笑った。

同じ『妹』同士、何か感じ入るものがあったのかもしれない。

いつも小競り合いばっかりしてる二人だけど、これをきっかけに少しでもトラブルが減ったらいいんだけどな。

「それにしても那由ちゃん……僕の渡したコスプレ衣装、とても似合っているね？　まるでお人形さんのようだよ」

「……は？」

――そんな願いも虚しく。

勇海が早速、爽やかイケメンモードに入って、余計なことを言い出した。

「ふふっ、なんて可愛いお人形さんだろう……触れたら壊れてしまいそうな、儚く美しいドール。さぁ、可愛い那由ちゃん――僕の胸の中で、泣いてもいいんだよ？」

「…………うっさい！　マジないし‼」

那由は顔を真っ赤にして声を張り上げると、かぶっていたウィッグを脱ぎ捨てた。

そして、ガーリーな格好にいつものショートヘアスタイルという、中間体みたいな那由になったかと思うと。

「あんたに泣きつくわけないっしょ！　馬鹿じゃん⁉　なに調子乗ってるわけ⁉」

「あはは、怒った顔も可愛いよ？　口ではつい強く言っちゃうけれど、心の中には――か弱い小鳥を飼ってるんだもんね、那由ちゃんは」

「うっざ！　ぜってー許さないし、このイケメンもどき‼　あとで結花ちゃんに怒られて泣けし、この豆腐メンタル！」

あー、もう……。

これからパーティーしようってときに、何やってんだよ。この二人ときたら。

それから俺たちは——家族四人でクリスマスパーティーをはじめた。

ちなみに那由は、いつもの服装に着替え直した。

昔みたいな女の子らしい格好も悪くないけど、やっぱりこっちの方が……今の那由には、しっくりくる。

「わ……すっご。これ全部、結花ちゃんが作ったの？」

「えっへん！　そうですっ‼　昨日のうちに仕込んでおいた、那由ちゃんに喜んでもらうための——スペシャルディナーなんですっ！」

めっちゃ得意げな顔をしながら、腰に手を当てる結花。

相変わらずの無邪気さを炸裂させる結花に、那由は堪えられなくなったらしく……「あははっ」と声を出して笑った。

それから、笑いすぎて滲んだ涙を拭いながら。

「ありがとう、結花ちゃん……マジで嬉しい」

「ちなみにこっちのケーキは、僕が買ってきたよ。那由ちゃん、ショートケーキの方が好きなんでしょ？」

「……兄さん。なんで勇海に、余計なこと教えんの？」

「いいだろ、ケーキの好みくらい……お前こそ、勇海をなんだと思ってんだよ？」

そんな話をしていたら、ふいにポケットの中でスマホが震えはじめた。

部屋の中がうるさすぎるので、俺はいったん廊下の方に移動してから、電話に出る。

『メリークリスマス！　愛しのパパだよ』

「いた電なら切るぞ？」

『ノリが悪いなぁ、遊一は』

電話の相手は、俺と結花の結婚を勝手に決めた張本人——俺と那由の親父だった。

仕事で帰れないって聞いてたけど、いた電する余裕はあんのかよ……ったく。

「で？　本気でなんの用？」

『お前と那由が、元気に過ごしてるか、心配になったんだよ。クリスマスなのに、一緒に過ごせなくて……申し訳ない』

「……そういうところ、ちゃんと気にするよな親父は。大丈夫だよ、俺も那由も……結花たちと一緒に、楽しいクリスマスを過ごしてるから」

電話口の向こうでホッとしたようにため息を吐くと、親父は言った。

『結花さんに伝えておいてくれ……遊一を幸せにしてくれて、ありがとうって』

「……はい？　なんでそんなこと、急に……」

『那由からもらったからな。誕生日会のときの、ビデオメッセージ』

え……あの馬鹿、録画してないって言ってたくせに、ちゃっかり録ってたのかよ？

ったく——本当に、何をしでかすか分かんない奴だな。うちの愚妹は。

そして親父との電話を終えると。

俺は……込み上げてくる笑いを抑えながら、三人が待つリビングに戻った。

——それから俺たちは、四人で和気あいあいとしたクリスマスを過ごした。

那由と勇海は、なんか口喧嘩するし。

結花はここぞとばかりに、俺にくっついてくるし。

調子の戻ってきた那由は、変ないたずらを仕掛けてくるし。

本当に……普段と変わらない感じの、騒々しいクリスマスになったけど。

そんないつもどおりこそ——家族団欒なのかもなって、なんとなく思ったんだ。

◆

「ふわぁ……クリスマス、楽しかったなぁ」

那由と勇海が寝落ちしたあと。

俺と結花はいつもどおり、並べて敷いたそれぞれの布団に入って、雑談を交わしてた。

「結花。今日は色々ありがとう……那由のことも、この手編みの手袋も」

「えへへー。喜んでくれて、嬉しいな」

枕元に置いてある手袋に触れると——その温かさを思い出す。

那由を捜しながら感じてた不安や焦りを、温かく包み込んでくれた、その手袋。

まるで結花がずっと手を握ってくれてるような……そんな安心感が、あったんだ。

「……あれ？　どうかした、遊くん？」

「……あ。いや……」

少し眠くなってきたのもあるのか、ぼんやりしていたら——泣きじゃくる那由を優しく抱いてた結花の姿が、まぶたの裏に浮かんできて。

なぜだか……涙が出そうになる。

「家族の前では、泣いてもいいし、甘えてもいいんだって——言ったじゃんよ」

そんな俺の心を読んだかのように。

俺の隣に寝転がったまま、結花は穏やかに微笑んだ。

その笑顔が、なんだか懐かしくて——心が切なくなって。

俺は素直な思いを……口にした。

「結花、えっと……変なお願いで悪いんだけど。今日だけでいいから——結花の胸の中で、眠らせてくれないかな？」

「……ん、もちろんだよ。おいで？」

慈愛に満ちた顔の結花は、ゆっくり両手を広げた。

俺は恥ずかしさも忘れて、吸い込まれるように結花に抱きすくめられると……グッと身体を丸めた。

——温かくて、柔らかい。

それになんだか——甘い匂いがする。

「遊くんは、いつも頑張り屋さんだね」

耳元で囁きながら、結花が俺の頭をよしよしと撫でる。

結花に触れられるたびに、胸の奥から何かが込み上げてきて。

気付いたら頬を……一筋の涙が伝っていた。

「大丈夫だよ……私は、ずーっと、そばにいるからね……」

ありがとう結花——そばにいてくれて。

子どもに還ったような気持ちで、そんな温かさに身を委ねているうちに……。

俺はいつの間にか――眠ってしまった。

翌朝。十二月二十六日。

俺が目を覚ましたときには、もう布団の中に結花の姿はなくって。

起き上がって窓辺に近づくと、結花がベランダではしゃいでるのを見つけた。

俺は机の下に置いておいた茶色い袋を手に取ると、ベランダに出る。

「あ、おはよう遊くん！　ねぇ見て見て、雪！　雪だよー‼」

ちっちゃい子どもみたいに騒いでる結花。

言われるままに顔を上げたら――はらはらと真っ白な粉雪が、冬空に舞っていた。

「はぁ～……ほら見て、息も真っ白！　昨日より寒いもんねー。雪も降るよねー」

「嬉しそうだけど……寒くない、結花？」

「うんっ！　寒いなー。誰か、凍っちゃいそうな結花を、暖めてくれな――ふぇ⁉」

言い終わる前に、俺は茶色い袋を開けると――もふもふの耳当てを、結花につけた。

それから、結花にもらった手編みの手袋をはめて、言い放つ。

「プレゼント交換――一番盛り上がりそうなタイミングを狙ったんだけど。どうだろ？」

「あ、あうー！　あぅー……」

完全に言語能力をなくした結花が、俺の胸をぽかぽか叩いてくる。

かと思ったら、結花はそのまま――ギュッと抱きついてきて。

「……メリー、ホワイトアフタークリスマス、だねっ‼」

「何それ？　アフタークリスマスとか言い出したら、もうなんでもありじゃ――」

「いーの！　今日は素敵な、ホワイトアフタークリスマス！　そう思った方が、絶対楽しいじゃんよ‼」

「強引だな……でもまぁ、なんかその方が、結花らしくていいかもね」

勢いを増した粉雪が、アフタークリスマスの景色を白く染めていく。

そんな幻想的な光景に目を奪われていると。

ぐいっと結花が――不敵な笑みを浮かべて、俺の顔を覗き込んできた。

真っ赤に染まった頰。艶やかなピンク色の唇。

「観覧車のとき……おあずけしてたもの、なーんだ？」

「…………え？　マジで言ってる？」

「もっちろん！　だって、ホワイトクリスマスに大好きな人とキスするのが、私の小さな夢なんだもん」

「今日はクリスマスじゃないけど?」

「誤差の範囲内だもんねーだっ！　ホワイトクリスマスも、ホワイトアフタークリスマスも‼」

なんか必死に説得してくる結花を見てたら……なんだか笑えてきた。

そんな俺を見て、結花も「えへへっ」と、はにかむように笑う。

「まぁ……昨日の夜は、俺がお願いを聞いてもらったしな」

「……私に抱っこされて寝てる遊くんも、可愛かったよ?」

「からかうんなら、やめちゃうけど?」

「はーい、ごめんなさーい。もう言いませーん」

そんな普段どおりの、何気ないやり取りを交わしてから。

結花の肩にそっと手を置いて。

俺は結花と——優しく唇を重ね合わせた。

☆お正月は、久しぶりに家族で☆

ふにゃあ……柔らかかったなぁ。

もっといっぱい、したかったなぁ……。

唇に人差し指を当てながら、私はじたばたと、ソファの上を転がってます。

――って、駄目だよ私⁉

はしたないことばっかり考えてたら……遊くんに愛想尽かされちゃうじゃんよ。

……けど。けどだよ？　遊くんが好きなんだから、もっとキスしたいなーとか考えちゃうのって、仕方なくない⁉

「えっと……さっきからなんで、一人で百面相してるの？　結花は」

「ふぎゃああ⁉」

猫みたいな声を上げて、私はソファから転げ落ちました。

そんな私を見下ろして、やれやれってため息を吐いてるのは……私の妹、綿苗勇海。

「相変わらず、結花は子どもなんだから。そんなところも愛らしいけど……遊にいさんに愛想を尽かされない程度には、大人の魅力も身につけた方がいいんじゃないかな？」

「うっさい、あっち行け！　勇海のばーか‼」

恥ずかしいのと、余計なことを言われたのが合わさって、私は大きい声で叱りました。

勇海はいっつも、私のことを馬鹿にするんだから……むー‼

「……と、結花はご機嫌斜めなんだけど。母さん、どうする？」

「え、お母さん？」

スマホを耳に当てて喋ってる勇海を見て、私はぴょこんっと立ち上がると。

勇海にお願いして——電話を替わってもらいました。

「あ。もしもし、お母さん？　元気にしてるー？」

『……結花の方が心配よ。婚約者の人は大丈夫？　縄とか蝋燭とか、常備してない⁉』

「してるわけないでしょ⁉　お母さんは心配性がいきすぎて、もはやホラーだよ‼」

昔から心配性で、ちょっと——っていうか、かなり過保護なお母さん。

「遊くんは、すっごく素敵な人でね？　格好いいし、可愛いし、もー素敵極まりないんだよ！　素敵の塊‼　だから……心配しなくて大丈夫だよ、お母さん？」

『ひぃぃ……そんな人間、いるわけないぃぃ……』

安心させようとしたのに、なんか悲鳴を上げはじめちゃった。

もー……お母さんってば。

もう直接会って、遊くんと話して、安心してもらうしかないかもなぁ。

「――あ、そうだ。お母さん、お父さんはいる？」

私のお父さんは――遊くんとの縁談の話を持ってきた、張本人。

最初は「もー絶対許さない！」ってムカついてたんだけどね？

今は……えへへっ。こんな素敵な人と巡り合わせてくれてありがとうって、感謝してるから。

ちゃんとお礼を伝えようって、思ってるんだ！

『お父さん、年内は忙しくてね。今日も朝からお仕事に行ってるわ』

「え、そうなんだ……身体とか壊してない？　大丈夫？」

『それは大丈夫よ。ただ……結花が元気かって、そればっかり心配してるわ』

そっか……そうだよね。

学校行事とか声優活動とかで、最近は全然地元に帰れてないし。

お正月くらい――お父さんとお母さんにも、会いたいなぁ。

「はい、勇海。電話替わってくれて、ありがとね」

お母さんとの通話を終えたら、私は勇海にスマホを返しました。

「ねぇ、勇海。お父さんって元気にしてる？」

「ああ。それはもう。父さんも母さんも、元気だし……結花がいた頃と、全然変わってないよ」

「そっかぁ……」

遊くんは、うちの親と会ってくれるかな？

婚約者が親に挨拶するのって、多分めちゃくちゃ緊張するよね……私も遊くんのお父さんにご挨拶するってなったら、すっごく緊張するもん。

でも……私たちに関しては、親が勝手に決めてきた結婚だからね。

反対されることがないってところだけは、ありがたいのかもしれないなぁ。

あ……でも遊くんは、宇宙で一番素敵な男の人だもんなぁ。

たとえ親がどんな人だったとしても、即答で結婚を許されちゃうよね絶対。

えへへー。すごいでしょー。私の未来の、旦那さまは。

欲しいって言われても……ぜーったいに、あげないけどねっ！

あとがき

【朗報】コミカライズ連載開始&ミュージックビデオ完成！


『地味かわ』もいよいよ五巻！

これもひとえに皆さまの応援のおかげだなと、日々感謝しながら執筆しております。

いつもありがとうございます。氷高悠です。


『地味かわ』で初めて経験したことのひとつは、コミカライズです。

現在『月刊コミックアライブ』にて連載中ですが、原作を活かしつつ、表情豊かなキャラクターたちを描いてくださっていて、氷高も毎月楽しみに読ませていただいております。

コミカライズ版『地味かわ』も、どうぞ応援よろしくお願いします！

そしてもうひとつ、『地味かわ』で初めて経験したのが、作詞です。

ニコニコチャンネル『伊東健人の「俺がMCすることになった番組、ラノベにMVつけるとか言ってるんだが!?」』にて、半年掛けて制作したミュージックビデオ。

作詞という別ジャンルに挑戦できるなんて、夢にも思っていなかったので……本当に貴重な経験になりました！　改めて関係者の皆さま、本当にありがとうございました。

氷高悠が作詞、家の裏でマンボウが死んでるPさまが作曲・編曲をした『地味かわ』ミュージックビデオ――『笑顔を結ぶ花』。

ニコニコ動画やＹｏｕＴｕｂｅでも公開中なので、ぜひご覧くださいね‼

さて、五巻について。ネタバレを含むので、あとがきから読んでいる方はご注意を。

これまで『地味かわ』は、結花の成長を中心に描いてきましたが、本巻では佐方家の話にスポットが当たります。父母の離婚、失恋をきっかけにした不登校を、中学時代に経験してきた遊一と――遊一のそばで、同じように辛い思いをしてきた那由。

今回はクリスマスを主軸に、そんな兄妹の絆を描いております。

そして、クリスマスということで大はしゃぎな結花ですが……これまでの成長を感じさせるような、優しくて温かな顔も見せてくれます。

みんなの笑顔が紡がれていく物語。今回も楽しんでいただけたら嬉しいです！

それでは謝辞になります。

たん旦(たん)さま。クリスマスをイメージした表紙、サンタな学校結花も、私服でデートな家結花も、本当に可愛(かわい)いしかなかったです！　冬の寒さも吹き飛ぶような笑顔の結花を描いてくださり、心から感謝しております。今後ともどうぞ、よろしくお願いいたします！

担当Tさま。小説のみならず、ニコニコチャンネルをはじめとした様々な展開にも、いつもご尽力いただいております。スタート時から『地味かわ』を一緒に盛り上げてくださったからこそ、今があると思っています。本当にありがとうございます！

コミカライズを担当してくださっている椀田(わんだ)くろさま。ニコニコチャンネルでお世話になった家の裏でマンボウが死んでるPさま、伊東健人さま、ならびに出演者の皆さま。『地味かわ』の魅力を様々な角度から見せてくださり、心より感謝申し上げます！

本シリーズに関わってくださっている、すべての皆さま。

創作関係で繋(つな)がりのある皆さま。友人、先輩、後輩諸氏。家族。

そして、読者の皆さま。

今回もお楽しみいただけましたでしょうか？

これからも皆さまに、『地味かわ』で笑顔を届けられるよう、頑張っていきますね！

それではまた、次巻でお会いできることを、楽しみにしております。

氷高　悠

お便りはこちらまで

〒一〇二ー八一七七
ファンタジア文庫編集部気付
氷高悠（様）宛
たん旦（様）宛

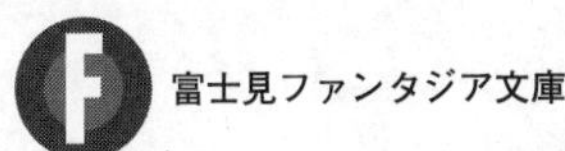

【朗報】俺の許嫁になった地味子、家では可愛いしかない。5

令和4年5月20日　初版発行

著者――氷高 悠

発行者――青柳昌行

発　行――株式会社KADOKAWA
〒102-8177
東京都千代田区富士見2-13-3
0570-002-301（ナビダイヤル）

印刷所――株式会社暁印刷

製本所――本間製本株式会社

ISBN978-4-04-074545-9 C0193 ◇◇◇